मैं और तुम

दर्शन-शास्त्र

रज़ा फ़ाउण्डेशन | THE RAZA FOUNDATION

मैं और तुम

मार्टिन बूबर

अँग्रेज़ी से अनुवाद
नन्दकिशोर आचार्य

राजकमल प्रकाशन

रज़ा पुस्तक माला : दर्शन-शास्त्र | अनुवाद
प्रधान सम्पादक : अशोक वाजपेयी | सम्पादक : पीयूष दईया
राजकमल प्रकाशन प्रा.लि. और रज़ा फ़ाउण्डेशन का सह-प्रकाशन

ISBN : 978-93-88933-77-3

मूल्य : ₹199

पहला संस्करण : 2019

प्रकाशक : राजकमल प्रकाशन प्रा. लि.
1-बी, नेताजी सुभाष मार्ग, दरियागंज
नई दिल्ली-110 002

शाखाएँ : अशोक राजपथ, साइंस कॉलेज के सामने, पटना-800 006
पहली मंजिल, दरबारी बिल्डिंग, महात्मा गांधी मार्ग, इलाहाबाद-211 001
36 ए, शेक्सपियर सरणी, कोलकाता-700 017

वेबसाइट : www.rajkamalprakashan.com
ई-मेल : info@rajkamalprakashan.com

मुद्रक : यश प्रिंटोग्राफिक्स
नोएडा-201 301 (उत्तर प्रदेश)

MAIN AUR TUM (I AND THOU)
(Philosophy) by Martin Buber
Translated by Nandkishore Acharya

आमुख

कलाओं में भारतीय आधुनिकता के एक मूर्धन्य सैयद हैदर रज़ा एक अथक और अनोखे चित्रकार तो थे ही उनकी अन्य कलाओं में भी गहरी दिलचस्पी थी। विशेषतः कविता और विचार में। वे हिन्दी को अपनी मातृभाषा मानते थे और हालाँकि उनका फ्रेंच और अँग्रेज़ी का ज्ञान और उन पर अधिकार गहरा था, वे, फ्रांस में साठ वर्ष बिताने के बाद भी, हिन्दी में रमे रहे। यह आकस्मिक नहीं है कि अपने कला-जीवन के उत्तरार्द्ध में उनके सभी चित्रों के शीर्षक हिन्दी में होते थे। वे संसार के श्रेष्ठ चित्रकारों में, २०-२१वीं सदियों में, शायद अकेले हैं जिन्होंने अपने सौ से अधिक चित्रों में देवनागरी में संस्कृत, हिन्दी और उर्दू कविता में पंक्तियाँ अंकित कीं। बरसों तक मैं जब उनके साथ कुछ समय पेरिस में बिताने जाता था तो उनके इसरार पर अपने साथ नवप्रकाशित हिन्दी कविता की पुस्तकें ले जाता था : उनके पुस्तक-संग्रह में, जो अब दिल्ली स्थित रज़ा अभिलेखागार का एक हिस्सा है, हिन्दी कविता का एक बड़ा संग्रह शामिल था।

रज़ा की एक चिन्ता यह भी थी कि हिन्दी में कई विषयों में अच्छी पुस्तकों की कमी है। विशेषतः कलाओं और विचार आदि को लेकर। वे चाहते थे कि हमें कुछ पहल करनी चाहिये। २०१६ में साढ़े चौरानवे वर्ष की आयु में उनकी मृत्यु के बाद रज़ा फ़ाउण्डेशन ने उनकी इच्छा का सम्मान करते हुए हिन्दी में कुछ नयी क़िस्म की पुस्तकें प्रकाशित करने की पहल *रज़ा पुस्तक माला* के रूप में की है, जिनमें कुछ अप्राप्य पूर्व प्रकाशित पुस्तकों का पुनर्प्रकाशन भी शामिल है। उनमें गाँधी, संस्कृति-

चिन्तन, संवाद, भारतीय भाषाओं से विशेषतः कला–चिन्तन के हिन्दी अनुवाद, कविता आदि की पुस्तकें शामिल की जा रही हैं।

हिन्दी में दर्शन से सम्बन्धित सामग्री बहुत कम है। मूलतः हिन्दी में दर्शन कम लिखा गया है और अनुवाद में भी अधिक नहीं है। इस सन्दर्भ में मार्टिन बूबर के ग्रन्थ 'आई एण्ड दाऊ' का यह हिन्दी अनुवाद एक महत्त्वपूर्ण प्रकाशन है। एक ऐसे समय में जब सारी दुनिया में समाज बिखर–बिगड़ रहे हैं, बूबर का सहभागिता और पारस्परिकता का आग्रह बहुत प्रासंगिक और मूल्यवान् वैचारिक हस्तक्षेप की तरह पढ़ा जा सकता है। वरिष्ठ कवि–आलोचक नन्दकिशोर आचार्य का यह अनुवाद प्रस्तुत करते हुए रज़ा फ़ाउण्डेशन को प्रसन्नता है।

अशोक वाजपेयी

अगस्त, २०१९, नयी दिल्ली

प्राक्कथन
नन्दकिशोर आचार्य

प्राक्कथन

मार्टिन बूबर के दर्शन से मेरा प्रथम परिचय पाँच दशक पूर्व 'अज्ञेय की काव्य-तितीर्षा' के लेखन के सिलसिले में हुआ था। उसके कुछ अर्से बाद आधुनिक शिक्षा-दर्शनों के अध्ययन के लिए फिर बूबर को पढ़ने-समझने का अवसर मिला—इस दफ़ा थोड़ा ज़्यादा गहराई से। उसी सिलसिले में बूबर के दर्शन और तत्आधारित उनके शिक्षा सम्बन्धी विचारों को लेकर एक लेख भी लिखा गया, जो अनन्तर मेरी पुस्तक 'आधुनिक विचार और शिक्षा' में शामिल भी है। उनके दार्शनिक चिन्तन की केन्द्रीय पुस्तक 'आई एण्ड दाऊ' को भी तभी ध्यानपूर्वक पढ़ा और तब से मन में था कि उसका हिन्दी में रूपान्तर किया जाना चाहिये।

अस्तित्ववादी चिन्तन-सरणी में सामान्यतः सार्त्र-कामू की ही बात की जाती है और आजकल हाइडेग्गर की भी; लेकिन मुझे लगता है कि एक कवि-कथाकार के लिए ही नहीं समाज के एकत्व का सपना देखने वालों के लिए भी मार्टिन बूबर का दर्शन शायद अधिक प्रासंगिक है क्योंकि वह मानवीय जीवन के लिए दो बातें अनिवार्य मानते हैं : सहभागिता और पारस्परिकता। सामान्यतः, प्रचलित अस्तित्ववादी चिन्तन में 'बाध्यता' के विकल्प के रूप में 'स्वतन्त्रता' का प्रस्ताव किया जाता है। बूबर 'स्वतन्त्रता' को 'बाध्यता' के विकल्प के रूप में स्वीकार नहीं करते। वह मानते हैं कि 'स्वतन्त्रता' सच्चे मानवीय जीवन की निर्मिति के लिए भूमि का तो काम करती है, पर नींव का नहीं। प्रकृति, समाज या नियति से मुक्ति जैसी कोई चीज़ नहीं हो सकती क्योंकि कोई भी मनुष्य परिवेश के बीच नहीं रह सकता। जो सदैव है, वह है और उसे अनहुआ नहीं

किया जा सकता। अधिक से अधिक उसके साथ एक सहभागिता-या घनिष्ठ संवादात्मकता का सम्बन्ध क़ायम किया जा सकता है। बूबर इस सम्बन्ध को 'कम्युनियन' कहते हैं, यद्यपि यह निर्विवाद है कि इस 'सहभागिता' के लिए भी स्वतन्त्रता ही आवश्यक है, पर वह पुल है, गन्तव्य नहीं।

केवल स्वतन्त्रता में जिया गया जीवन या तो एक नितान्त व्यक्तिगत ज़िम्मेदारी हो जाती है या एक दुर्भाग्यपूर्ण विडम्बना। अस्तित्ववादी दर्शन में अकेलापन मानव-जाति की यन्त्रणा का मूल स्रोत है। लेकिन बूबर जैसे आस्थावादी अस्तित्ववादी इस अकेलेपन को अनुल्लंघनीय नहीं मानते क्योंकि सहभागिता या संवादात्मकता में उसके अकेलेपन को सम्पन्नता मिलती है। इसे बूबर मैं-तुम की सहभागिता, पारस्परिकता या 'कम्युनियन' मानते हैं। यह मैं-तुम अन्योन्याश्रित है। सार्त्र जैसे अस्तित्ववादियों के विपरीत बूबर 'मैं' का 'अन्य' के साथ सम्बन्ध अनिवार्यतया विरोध या तनाव का नहीं मानते, बल्कि तुम के माध्यम से मैं को सत्य की अनुभूति सम्भव होती है, अन्यथा वह तुम नहीं रहता, वह हो जाता है। यह तुम या 'ममेतर' व्यक्ति भी है, प्रकृति भी और परम आध्यात्मिक सत्ता भी। 'मम' और 'ममेतर' का सम्बन्ध एक-दूसरे में विलीन हो जाने का नहीं, बल्कि 'मैत्री' का सम्बन्ध है। इसलिए बूबर की आध्यात्मिकता भी समाज-निरपेक्ष नहीं रहती बल्कि इस संसार में ही परम सत्ता या ईश्वर के वास्तविकीकरण के अनुभव में निहित होती है; लौकिक में आध्यात्मिक की यह पहचान कुछ-कुछ शुद्धाद्वैत जैसी लगती है।

मुझे विश्वास है कि 'आई एण्ड दाऊ' का यह अनुवाद हिन्दी पाठकों को इस महत्त्वपूर्ण दार्शनिक के चिन्तन को समझने की ओर आकर्षित कर सकेगा। दर्शन का अनुवाद बहुत मुश्किल काम है और बूबर जैसे दार्शनिक का तो और भी मुश्किल। मेरी कोशिश रही है कि अधिक से अधिक सम्प्रेषणीय अनुवाद हो सके पर यदि कहीं कुछ असमंजस प्रतीत हो तो उसके लिए पूर्व में ही क्षमायाचना कर लेता हूँ। रज़ा फ़ाउण्डेशन का आभारी हूँ कि उन्होंने इस अनुवाद के प्रकाशन के मेरे प्रस्ताव को सहर्ष स्वीकार किया।

—नन्दकिशोर आचार्य

क्रम

एक

यह विश्व मनुष्य के लिए उसकी दुहरी मानसिकता के अनुरूप दुहरा है।

मनुष्य की मानसिकता उसके द्वारा बोले जा सकने वाले मूल शब्दों के अनुरूप दुहरी है।

मूल शब्द एकाकी शब्द नहीं, बल्कि शब्द-युग्म हैं।

पहला मूल शब्द-युग्म है : *मैं-तुम*।

दूसरा मूल शब्द-युग्म है : *मैं-वह*। इस में मानव और मानवेतर के होने से कोई अन्तर नहीं पड़ता।

इस प्रकार मानव का *मैं* भी दुहरा है। मूल शब्द *मैं-तुम* का *मैं* मूल शब्द *मैं-वह* के *मैं* से भिन्न है।

●

मूल शब्द अपने से बाहर के किसी सम्भावित अस्तित्व का कथन नहीं करते; बोले जाकर वे अस्तित्व की रीति स्थापित करते हैं।

मूल शब्द बोलने वाले के पूरे सत्त्व के साथ बोले जाते हैं।

जब कोई *तुम* बोलता है तो शब्द-युग्म *मैं-तुम* का *मैं* भी बोल दिया जाता है।

जब कोई वह बोलता है तो शब्द-युग्म *मैं- वह* का *मैं* भी बोल दिया जाता है।

मूल शब्द *मैं-तुम* किसी के समग्र सत्त्व के साथ ही बोला जा सकता है।

मूल शब्द *मैं-वह* समग्र सत्त्व के साथ कभी नहीं बोला जा सकता।

●

मूल शब्द *मैं-तुम* तथा *मैं-वह* के सिवा *मैं* कहीं नहीं है।

जब भी कोई मनुष्य *मैं* कहता है तो उसका आशय दोनों में से किसी एक से होता है। जब वह *मैं* कहता है तो उसका अभिप्रेत *मैं* उपस्थित होता है। जब वह *तुम* या *वह* कहता है तो पहले अथवा दूसरे मूल शब्द का *मैं* भी उपस्थित होता है।

मैं होना और *मैं* कहना अभिन्न हैं। *मैं* कहना और दो मूल शब्दों में से किसी एक को कहना अभिन्न है।

वह जो किसी मूल शब्द को बोलता है, शब्द में प्रविष्ट होता और उसमें स्थित हो जाता है।

●

मनुष्य का जीवन केवल ईश्वर-निर्देशित क्रियाओं में ही अस्तित्व नहीं रखता। वह केवल उन क्रियाओं से संघटित नहीं होता, जिनका अपने उद्देश्यों से ही कुछ सम्बन्ध होता है।

मैं कुछ देखता हूँ। मैं कुछ अनुभव करता हूँ। मैं कुछ कल्पना करता हूँ। मैं कुछ बोध करता हूँ। मैं कुछ सोचता हूँ। मनुष्य का जीवन केवल इन सब या इसी तरह की बातों से संघटित नहीं होता।

ये सब और ऐसी ही अन्य बातें *वह* के परिमण्डल का आधार हैं।

लेकिन *तुम* के परिमण्डल का आधार अलग है।

●

तुम कहने वाले के पास अपने भाजन के लिए कुछ नहीं होता क्योंकि जहाँ भी कुछ होता है, वहाँ कुछ और भी होता है; प्रत्येक *वह* सीमान्त पर अन्य *वहों* से लगा होता है। अन्य वहों के सीमान्त पर होने से ही वह *वह* हो पाता है, लेकिन जब *तुम* कहा जाता है तो वहाँ कुछ नहीं होता। *तुम* के सीमान्त नहीं होते। लेकिन वह सम्बन्धों में स्थित होता है।

●

हमें बताया जाता है कि मनुष्य अपने संसार का अनुभव करता है। इसका क्या तात्पर्य है?

मनुष्य वस्तुओं की सतहों की छानबीन करता और उनका अनुभव करता है। उससे उसे उनकी स्थिति के बारे में कुछ ज्ञान मिलता है—एक

अनुभव। वह वस्तुओं का अनुभव करता है।

लेकिन केवल अनुभवों द्वारा ही मनुष्य को संसार का बोध नहीं होता।

क्योंकि जो बोध वे करवाते हैं, वह केवल *वह* और *वह* और *वह* से संघटित संसार होता है, मानवीय *वह* और मानवेतर वह।

मैं किसी वस्तु का अनुभव करता हूँ।

मृत्यु के रहस्य को जानने की मानव-जिज्ञासा से कतराने से उत्पन्न नश्वर परिपूर्णता की तरह *'बाह्य'* अनुभवों के साथ *'आन्तरिक'* अनुभवों को जोड़ देने से भी इसमें कोई अन्तर नहीं पड़ता। बाह्य वस्तुओं की तरह ही आन्तरिक वस्तुएँ।

मैं किसी वस्तु का अनुभव करता हूँ।

व्यक्त अनुभवों के साथ रहस्यात्मक अनुभवों को जोड़ देने से भी कोई परिवर्तन नहीं होगा—दीक्षित लोगों के लिए आरक्षित वस्तुओं के गुप्त रहस्यों को जानने और उनकी कुंजी का दावा करने वाली बुद्धि का आत्मविश्वास। ओ रहस्यहीन रहस्यात्मकता, ओ सूचनाओं के अम्बार! *वह, वह, वह!*

●

जो अनुभव करते हैं वे संसार में सहभागिता नहीं करते। अनुभव क्योंकि उनके 'भीतर' होता है, न कि उनके और संसार के बीच।

संसार अनुभव में सहभागिता नहीं करता। वह केवल अपने को अनुभव होने देता है, पर उससे उसका कोई सरोकार नहीं होता, क्योंकि न तो उसमें उसका कोई योगदान होता है और न ही उसके साथ कुछ घटित होता है।

अनुभव के रूप में संसार का सम्बन्ध मूल शब्द *मैं-वह* से है।

मूल शब्द *मैं-तुम* सम्बन्धों का संसार बसाता है।

●

सम्बन्ध का संसार तीन क्षेत्रों में घटित होता है।

पहला : प्रकृति के साथ जीवन। यहाँ सम्बन्ध अँधेरे में स्पन्दित होता और

भाषा-तल के नीचे रहता है। जीव-जन्तु टेढ़े-तिरछे निकलते हैं लेकिन हम तक आने में असमर्थ रहते हैं और जब हम उन्हें *तुम* कहते हैं तो वह भाषा की दहलीज़ पर ही अटका रहता है।

दूसरा : मनुष्यों के साथ जीवन। यहाँ सम्बन्ध अभिव्यक्त होता तथा भाषा में प्रविष्ट हो जाता है। हम *तुम* का आदान-प्रदान कर सकते हैं।

तीसरा : आध्यात्मिक अस्तित्व के साथ सम्बन्ध। यहाँ सम्बन्ध मेघाच्छन्न रहता और स्वयं को उद्घाटित करता है, उसके पास भाषा का अभाव होता है, पर वह उसे रचता है। हम *'तुम'* सुनते नहीं पर सम्बोधित अनुभव करते हैं; हम उत्तर देते हैं : रचना, सोचना, सक्रिय होना : अपने पूरे सत्त्व से मूल शब्द बोलते हैं, लेकिन अपने मुख से *तुम* बोलने में असमर्थ रहते हैं।

लेकिन हम मूल शब्द के संसार में कैसे उसका समावेश कर सकते हैं, जिसका अस्तित्व भाषा के बाहर है?

हर क्षेत्र में अपने सम्मुख उपस्थित प्रत्येक वस्तु के माध्यम से हम सनातन *तुम* के सिलसिले की ओर ताकते हैं; प्रत्येक में हम उसकी गमक अनुभव करते हैं; प्रत्येक *तुम* में हम सनातन *तुम* को सम्बोधित करते हैं—प्रत्येक क्षेत्र में उसकी रीति के अनुसार।

●

मैं एक पेड़ का ध्यान करता हूँ।

मैं उसे एक चित्र के रूप में स्वीकार कर सकता हूँ : प्रकाश की बाढ़ में एक कठोर स्तम्भ या नील-रजत भूमि की सौम्यता के पार हरे की तरंग।

मैं उसे एक गति के रूप में भी अनुभव कर सकता हूँ : एक दृढ़ और संघर्षशील बीजकोष के इर्द-गिर्द प्रवाहित नसें, जड़ों का रसपान, पत्तों की साँसें, पृथ्वी और वायु के साथ अनन्त संसर्ग—और अपने अँधेरे में स्वयं का बढ़ना।

मैं किसी प्रजाति के एक सदस्य के रूप में देख सकता हूँ—उसकी निर्मिति और उसके जीवन की रीति को समझते हुए।

मैं उसकी अद्वितीयता और रूप को दृढ़ता से पार कर उसे केवल एक नियम की अभिव्यक्ति की तरह भी पहचान सकता हूँ—वे नियम जिनके

अनुसार शक्तियों के निरन्तर पारस्परिक विरोध को लगातार समंजस किया जाता है, या वे नियम जिनके अनुसार तत्त्व मिलते और विलग होते हैं।

मैं उसे एक संख्या में, संख्याओं के बीच एक शुद्ध सम्बन्ध में विसर्जित कर सकता और सनातन बना सकता हूँ।

इस सबके बीच पेड़ मेरे लिए एक वस्तु होता है, जिसका एक देशकाल, एक प्रकार और अवस्था है।

लेकिन, यदि संकल्प और कृपा का संयोग हो जाये तो यह भी सम्भव है कि पेड़ का ध्यान करने के साथ मैं उसके साथ एक सम्बन्ध में हो जाऊँ और पेड़ मेरे लिए *वह* नहीं रहे। एकान्तिकता की शक्ति ने मुझे अधिकृत कर लिया है।

इसके लिए मुझे ध्यान की विधियों में से किसी भी विधि से परहेज़ करने की ज़रूरत नहीं है। ऐसा कुछ भी नहीं है जिसे न देखना, देखने के लिए आवश्यक हो और ऐसा कोई ज्ञान नहीं है जो अनिवार्यतः भुला देना है—बल्कि चित्र और गति, प्रजाति और उदाहरण, नियम और संख्या सब कुछ समाविष्ट और अविच्छेद्य रूप से घुले-मिले होते हैं।

पेड़ का सब कुछ समाविष्ट है : उसका रूप और कार्यविधि, उसके रंग और रासायनिकी, तत्त्वों के साथ उसका संवाद और सितारों के साथ उसका संवाद—यह सब कुछ अपनी सम्पूर्णता में।

पेड़ कोई प्रभाव नहीं है, मेरी कल्पना का खेल नहीं और न मेरी मनोदशा का कोई पहलू; यह सन्देह मेरे सम्मुख है और उसे मुझसे बर्ताव करना है जैसे मुझे उससे—केवल भिन्न रूप में।

किसी को भी सम्बन्ध के तात्पर्य को हलका करने की कोशिश नहीं करनी चाहिये : सम्बन्ध एक पारस्परिकता होता है।

तो क्या पेड़ के पास हमारे जैसी चेतना है?

मुझे उसका कोई अनुभव नहीं है। लेकिन, यदि तुम्हारे अपने मामले में यह निष्पादित है, तो क्या तुम्हें पुनः अविभाज्य को विभाजित करना ही चाहिए? जो मेरे सम्मुख है, वह न पेड़ की आत्मा है, न ही कोई वनदेवी, बल्कि स्वयं पेड़ है।

●

जब कोई मनुष्य मेरे सम्मुख मेरे *तुम* के रूप में होता है और मैं उसे मूल शब्द *मैं-तुम* कहता हूँ तो वह वस्तुओं में कोई वस्तु नहीं होता और न ही वस्तुओं से संघटित होता है।

वह अन्य *वहों* से सीमित किसी भी प्रकार का *वह* नहीं होता—दिक् और काल के विश्व-जाल में एक बिन्दु—और न एक अवस्था जिसका अनुभव और वर्णन किया जा सकता हो—नामित चारित्रिकताओं की एक गठरी। पड़ोसहीन और सींवनरहित वह *तुम* होता और व्योम को भरता है। ऐसा नहीं कि उसके सिवा वहाँ और कुछ नहीं होता; लेकिन प्रत्येक वस्तु उसके प्रकाश में रहती है।

जैसे एक सांगितिक रचना स्वरों से या कविता शब्दों से या प्रतिमा रेखाओं से संघटित नहीं होती—हमें तानकर और चीरकर एकत्व को वैविध्य में बदलना होता है—ऐसा ही मानव-प्राणी के साथ होता है जिसे मैं *तुम* कहता हूँ। मैं उससे उसके केशों का रंग या उसकी वाणी का रंग या उसकी शालीनता का रंग निचोड़ सकता हूँ; मुझे बार-बार ऐसा करना पड़ सकता है, लेकिन तत्काल वह *तुम* नहीं रहता।

जैसे प्रार्थना समय में नहीं बल्कि प्रार्थना में समय होता है, दिक् में बलिदान नहीं बल्कि बलिदान में दिक् होता है—और इस सम्बन्ध को उलटा दिये जाने पर वास्तविकता का विलोपन हो जाता है—वैसे ही मैं ऐसा कोई मनुष्य नहीं पा पाता जिसे किसी समय और किसी दिक् में *तुम* कह सकूँ। मैं उसे कहीं स्थित कर सकता हूँ और मुझे बार-बार ऐसा करना पड़ सकता है, लेकिन वह किसी-न-किसी प्रकार का *वह* हो जाता है और मेरा *तुम* नहीं रहता।

जब तक *तुम* का व्योम मुझ पर फैला हुआ रहता है, कारणता के तूफ़ान मेरे पाँवों के पास दुबके रहते हैं और नियति-चक्र जमा रहता है।

मैं जिस मनुष्य को *तुम* कहता हूँ उसका अनुभव नहीं करता। लेकिन मैं उसके साथ सम्बन्ध में होता हूँ—पवित्र मूल शब्द में। जब मैं इससे बाहर आता हूँ केवल तभी उसका पुनः अनुभव कर पाता हूँ। अनुभव *तुम* से सुदूरता है।

यह सम्बन्ध बना रह सकता है चाहे जिस मनुष्य को मैं *तुम* कहता हूँ, वह अपने अनुभव में उसे न भी सुने। *तुम* उससे अधिक है, जितना वह जानता है। *तुम* उससे अधिक करता है और उससे अधिक उसके साथ घटित होता है, जितना वह जानता है। कोई छलावा इतनी दूर नहीं जाता : यहाँ है वास्तविक जीवन का उद्गम।

●

कला का सनातन उद्गम यह है कि एक मनुष्य का ऐसे रूप से साक्षात् होता है जो उसके माध्यम से एक कृति हो जाना चाहता है। उसकी आत्मा की कल्पना नहीं बल्कि कुछ वह जो आत्मा के सम्मुख उद्घाटित होता और आत्मा के सर्जनात्मक सामर्थ्य की माँग करता है। आवश्यक है वह कर्म जो वह अपने पूरे-पूरे सत्त्व के साथ करता है : यदि वह इससे प्रतिश्रुत होता और अपने पूरे सत्त्व के साथ उद्घाटित रूप को मूल शब्द कहता है, उसकी सृजन-शक्ति तभी सक्रिय होती और कृति अस्तित्व में आती है।

इस कर्म में एक बलिदान और एक जोख़िम है। बलिदान : रूप की वेदी पर अनन्त सम्भावना समर्पित हो जाती है; वह सब कुछ जो पल भर पहले किसी के परिप्रेक्ष्य के माध्यम में मुक्त तैर रहा होता है, उसका ध्वंस करना होता है; उसका कुछ भी कृति में आ सकना आवश्यक नहीं है; ऐसे साक्षात्कार की ऐकान्तिकता यह माँग करती है। जोख़िम : मूल शब्द अपने पूरे सत्त्व के साथ ही बोला जा सकता है; प्रतिश्रुत व्यक्ति अपने किसी भी अंश को अलग नहीं कर सकता; और किसी मनुष्य या मनुष्य के विपरीत, कृति मुझे *वह-विश्व* में विश्राम की अनुमति नहीं देती; वह निरंकुश है : यदि मैं सही ढंग से उसकी सेवा नहीं करता तो वह टूट जाती या मुझे तोड़ देती है।

मुझे जिस रूप का साक्षात् होता है, मैं उसका अनुभव या वर्णन नहीं कर सकता; मैं केवल उसे वास्तविक बना सकता हूँ। तब भी मैं साक्षात्करण के प्रकाश से दीप्त उसे अनुभव-जगत् की सारी स्पष्टता से भी अधिक साफ़ देख सकता हूँ। 'आन्तरिक' वस्तुओं में किसी वस्तु के रूप में नहीं, 'कल्पना' के किसी रूप की तरह नहीं, बल्कि *उपस्थिति* की तरह। अपनी प्रमाणित निरपेक्षता में 'रूप' 'वहाँ' बिल्कुल नहीं होता; लेकिन

उसकी उपस्थिति के समकक्ष और हो भी क्या सकता है? यह एक वास्तविक सम्बन्ध है : वह मुझ पर क्रिया करता है, जैसे मैं उस पर क्रिया करता हूँ।

ऐसी कृति सृजन होती है, अपनी उपलब्धि का आविष्कार करती हुई। रूपायन आविष्कार है। मैं जब उसे वास्तविक करता हूँ, तो अनावरित करता हूँ। मैं उसे *वह* के संसार में उतार देता हूँ। सर्जित कृति वस्तुओं के बीच एक वस्तु है, जिसका अनुभव किया और कई गुणों के समुच्चय के रूप में वर्णन किया जा सकता है। लेकिन सदेह ग्रहीता का जब कभी साक्षात् किया जा सकता है।

●

—तब *तुम* का अनुभव क्यों होता है?

—कुछ भी नहीं, क्योंकि कोई उसका अनुभव नहीं करता।

—तब कोई *तुम* के बारे में क्या जानता है?

—केवल सब कुछ क्योंकि अब अंश ज्ञेय नहीं है।

तुम से साक्षात् कृपा है—खोजने से उसे नहीं पाया जा सकता। लेकिन मेरा उसे मूल शब्द कहने का मेरे पूरे सत्त्व के साथ किया गया मेरा अनिवार्य कर्म है।

तुम मुझसे साक्षात् होता है। लेकिन मैं उसके साथ एक सीधे सम्बन्ध में प्रविष्ट हो जाता हूँ। सम्बन्ध इस प्रकार वरण और वरण करना है, एक साथ निष्क्रिय और सक्रिय। अपने पूरे सत्त्व का कर्म निष्क्रियता के सदृश होता है, क्योंकि वह सब आंशिक कर्मों और इस प्रकार कर्म के किसी भी बोध का लोप कर देता है, जो सदैव सीमित प्रयास पर निर्भर होता है।

मूल शब्द *मैं-तुम* केवल पूरे सत्त्व के साथ ही बोला जा सकता है। पूर्ण सत्त्व में एकाग्रता और विलयन कभी भी मुझसे सम्भव नहीं हो सकते, कभी मेरे बिना भी सम्भव नहीं हो सकते। होने के लिए मुझे एक *तुम* की ज़रूरत होती है; *मैं* होकर ही मैं *तुम* कहता हूँ।

सम्पूर्ण वास्तविक जीवन साक्षात्करण है।

●

तुम से सम्बन्ध मध्यस्थता रहित है। *मैं* और *तुम* के बीच कोई प्रत्ययात्मक व्यवधान नहीं है, कोई पूर्व ज्ञान या कल्पना नहीं; और आंशिकता से पूर्णत्व में गोता लगाते ही स्मृति स्वयं रूपान्तरित हो जाती है। *मैं* और *तुम* के बीच किसी प्रयोजन का हस्तक्षेप नहीं होता, कोई लालच या अपेक्षा नहीं, और स्वप्न से प्रकटन में डुबकी लगाते ही लालसा का रूपान्तरण हो जाता है। प्रत्येक साधन एक अवरोध है। सभी साधनों का विघटन होने पर ही साक्षात्करण घटित होता है।

●

सम्बन्ध की अपरोक्षता के सम्मुख हर मध्यस्थ नगण्य हो जाता है। इसका भी कोई महत्त्व नहीं कि मेरा *तुम* किसी अन्य *मैं* के लिए *वह* है ('सामान्य अनुभव की वस्तु') या मेरे अनिवार्य कर्म के परिणामस्वरूप ही वैसा हो जाता है। वास्तविक सीमा-रेखा हालाँकि डूबती-उतराती और बदलती रहती है, अनुभव और अननुभव के बीच या प्रदत्त और अप्रदत्त के बीच नहीं है, न ही व्यक्तियों के संसार और मूल्यों के संसार के बीच—बल्कि *वह* और *मैं* के बीच स्थित सभी इलाक़ों के आरपार है : उपस्थिति और वस्तु के बीच।

●

वर्तमान—वह नहीं जो एक बिन्दु की तरह होता है और हमारे विचारों को एक 'व्यतीत' के अन्त की तरह रख देने को केवल निर्दिष्ट करता है, एक निर्धारित समाप्ति की कल्पना, बल्कि वास्तविक और सम्पन्न वर्तमान—वहीं होता है जब उपस्थिति, साक्षात्करण और सम्बन्ध अस्तित्व में आते हैं। *तुम* के अस्तित्व में होने पर ही उपस्थिति अस्तित्ववान होती है।

मूल शब्द *मैं-वह* का *मैं*, वह *मैं* जो एक *तुम* के सांगोपांग सम्मुख नहीं होता बल्कि 'विषय-वस्तुओं' के वैविध्य से घिरा होता है, केवल अतीत होता है, उपस्थिति नहीं। दूसरे शब्दों में : कोई मनुष्य जब तक अपने अनुभवों और उपयोग की वस्तुओं से सरोकार रखता है, तब तक वह अतीत में ही रहता है और उसका क्षण उपस्थिति नहीं रखता। उसके पास वस्तुओं के सिवा कुछ नहीं होता; लेकिन वस्तुएँ होने से घटित होती हैं।

वर्तमान वह नहीं है जो तिरोगामी होता और गुज़र जाता है बल्कि वह हमारे मुक़ाबिल होता है—हमारा सहचर और चिरस्थायी। वस्तु अवधि

नहीं बल्कि निश्चल होना है, मरणशील, टूटती, निष्प्राण होती हुई, विलग, सम्बन्ध का अभाव, उपस्थिति का अभाव।

जो सार है, वह वर्तमान में जिया जाता है, वस्तुएँ अतीत में।

●

इस मूलभूत दुहरेपन से एक तीसरे तत्त्व 'विचारों के संसार' का आह्वान करके पार नहीं पाया जा सकता कि वह इस विरोध का अतिक्रमण कर सकेगा। मैं वास्तविक मनुष्यों की बात कर रहा हूँ, तुम्हारी और मेरी, हमारे जीवन और हमारे संसार की, किसी *मैं अपने में* अथवा *सत्ता अपने में*—आई-इन-इटसेल्फ या बीइंग-इन-इटसेल्फ—की नहीं। लेकिन एक वास्तविक मनुष्य के लिए भी असली सीमारेखा विचारों के संसार के पार होती है।

निश्चय ही, वस्तुओं के संसार का अनुभव और उपयोग करने वाले कई लोग अपने लिए विचारों के एक उपभवन या अधिरचना का निर्माण कर लेते हैं, जिसमें वे अनस्तित्व के संकेत मिलने पर शरण और आश्वस्ति पा सकें। वे दहलीज़ पर ही भद्दे कार्य-दिवसों के वस्त्र उतारकर अपने को साफ़ वस्त्रों में लपेटकर अधि-सत्ता या वह क्या होनी चाहिए के बारे में विचार करते हुए आश्वस्ति अनुभव करते हैं—कुछ ऐसी चीज़ जिसमें उनके जीवन की कोई भागीदारी नहीं है। उसकी घोषणा करने में भी उन्हें अच्छा लग सकता है।

लेकिन, कुछ लोगों द्वारा कल्पित, अभिधारित और विज्ञापित *वह-मानवता* में उस मूर्त मानवता के समान कुछ नहीं है, जिसे एक मनुष्य वास्तव में *तुम* कह सकता है। उच्चतम कल्पना एक पूजा-वस्तु है, उदात्ततम काल्पनिक भावना एक व्यसन है। विचार हमारे मस्तिष्क के ऊपर भी उतने ही कम प्रतिष्ठित होते हैं, जितने मस्तिष्क के अन्दर रहते हुए; वे हमारे बीच घूमते और हम पर चढ़ जाते हैं। दयनीय हैं वे जो मूल शब्द को अनुच्चारित छोड़ देते हैं, लेकिन वे हतभागे हैं जो उसके बजाय एक अवधारणा या नारे से विचारों को सम्बोधित करते हैं, मानो वह उनका नाम ही हो।

●

तीन उदाहरणों में से एक से यह स्पष्ट हो जाता है कि प्रत्यक्ष सम्बन्ध में, हमारे सम्मुख जो है, उस पर क्रिया सम्मिलित है। कला का सार कर्म उस प्रक्रिया को तय कर देता है जिससे रूप कृति बनता है। जो मेरे सम्मुख आता है, उसकी परितुष्टि साक्षात्करण के माध्यम से होकर वह निरन्तर प्रभावी, निरन्तर *वह* रहने के लिए वस्तुओं के संसार में प्रविष्ट हो जाता है—लेकिन पुनः मोहक और प्रेरक *तुम* होने के लिए सदैव समर्थ रहता है। वह 'मूर्तिमान' हो जाता है : दिग्विहीन और कालविहीन उपस्थिति के पारावार से वह अनवरत अस्तित्व के तट पर उभर आता है।

मानवीय *तुम* के सम्बन्ध में कर्म का तत्त्व कुछ कम स्पष्ट है। यहाँ अपरोक्षता स्थापित करने वाले सार कर्म को सामान्यतः भावना समझा जाता और इस प्रकार ग़लत समझ लिया जाता है। भावनाएँ प्रेम के अतीन्द्रिय और अतिमानसिक तथ्य की सहचर होती हैं, पर वे उसका संघटन नहीं करतीं और जो भावनाएँ उसके साथ होती हैं, वे बहुत भिन्न भी हो सकती हैं। किसी अधिकृत व्यक्ति के लिए ईसा की भावना उनके अपने प्रिय शिष्यों के प्रति भावना से भिन्न है; लेकिन प्रेम समान है। किसी के पास भावनाएँ हो सकती हैं; प्रेम घटित होता है। भावनाएँ मनुष्य में रहती हैं, लेकिन मनुष्य प्रेम में रहता है। यह कोई रूपक नहीं बल्कि वास्तविकता है : प्रेम किसी *मैं* पर चढ़ नहीं बैठता मानो *तुम* उसके लिए केवल एक विषय या वस्तु है; वह *मैं* और *तुम* के बीच होता है। जो इसे नहीं जानता, पूरे सत्त्व के साथ नहीं जानता, वह प्रेम नहीं जानता, चाहे वह इसे अपनी भावनाओं, अनुभवों, उपभोग और अभिव्यक्तियों पर कितना भी आरोपित करे। प्रेम एक ब्रह्माण्डीय शक्ति है। जो उसमें रहते और धारित होते हैं, वे अपनी व्यस्तता के जंजाल से उबर आते हैं; और नेकी तथा बदी, *चातुर्य* और मूर्खता, सुन्दरता और भद्दापन—ये सब एक के बाद एक उनके लिए वास्तविक और एक *'तुम'* हो जाते हैं; अर्थात् मुक्त, एक अद्वितीय साक्षात्करण में आविर्भूत। अनन्यता चामत्कारिक रूप से बार-बार प्रकट होती है—और अब कोई कर्म, सहायता, उपचार, शिक्षण, उन्नत और मुक्त कर सकता है। प्रेम एक *तुम* के लिए एक *मैं* का उत्तरदायित्व है : इसमें जो होता है, वह किसी भी भावना में नहीं हो सकता—सभी प्रेमियों के लिए समानता जो लघुतम से महानतम तथा किसी एक प्रेमपात्र के जीवन के घेरे में सुखद सुरक्षित

किसी व्यक्ति से संसार की सलीब पर आजीवन कीलित व्यथित तक के लिए अपरिमित प्रेम तथा जोख़िम उठाने के लिए पर्याप्त साहसी है : मनुष्य को प्रेम करने के लिए।

मनुष्य और उसके ध्यान के तीसरे उदाहरण में कर्म के तात्पर्य को रहस्यात्मक ही रहने दें। जीवन के सरल जादू में विश्वास करो, ब्रह्माण्ड की सेवा में और यह रहस्य तुम पर प्रकट हो जायेगा कि मनुष्य की इस प्रतीक्षारत, ताकती हुई, तनी गर्दन का तात्पर्य क्या है। प्रत्येक शब्द को मिथ्या होना है; लेकिन देखो, ये प्राणी तुम्हारे इर्द-गिर्द रहते हैं और इससे कोई फ़र्क़ नहीं पड़ता कि कौन तुम्हारे पास आता है, पर तुम सदैव सत्त्व तक पहुँच जाते हो।

●

सम्बन्ध पारस्परिकता है। मेरा *तुम* मुझ पर क्रिया करता है, जैसे मैं उस पर क्रिया करता हूँ। हमारे छात्र हमें सिखाते हैं, हमारी कृतियाँ हमें रूप देती हैं। पवित्र मूल शब्द से छू लिए जाने पर 'दुष्ट' भी प्रकाशना हो जाता है। कैसे हम बच्चों और पशुओं से शिक्षा लेते हैं! एक गूढ़ प्रक्रिया में शामिल हम ब्रह्माण्डीय पारस्परिकता के प्रवाह में रहते हैं।

●

तुम प्रेम की बात करते हो, मानो मनुष्यों के बीच यही एकमात्र सम्बन्ध हो; घृणा के भी अस्तित्व को देखते हुए क्या प्रेम को उदाहरण के रूप में *चुनना* समीचीन है?

—जितनी दूर तक प्रेम 'अन्धा' है—अर्थात् जब तक वह एक 'समग्र' इयत्ता को नहीं देख लेता—तब तक वह वास्तव में सम्बन्ध के मूल शब्द की कसौटी पर खरा नहीं उतर सकता। घृणा अपने स्वभाव में ही 'अन्धी' है; कोई किसी के एक अंश से भी घृणा कर सकता है, जिसे वह एक सम्पूर्ण इयत्ता को देखने पर अनिवार्यत: अस्वीकार करता है, तब वह तत्काल घृणा के राज्य में नहीं बल्कि *तुम* कहने के सामर्थ्य की मानवीय सीमा में आ जाता है। मनुष्यों को नहीं लगता कि जब एक मनुष्य उनके सम्मुख होता है और वे उसे मूल शब्द से सम्बोधित नहीं कर पाते, जिसमें सम्बोधक के होने की अभिपुष्टि भी शामिल है, तब उन्हें अन्य व्यक्ति और स्वयं को भी अस्वीकार करना पड़ता है : जब सम्बन्ध-

प्रवेश में यह बाधा आती है तो वह अपनी सापेक्षता को भी समझ पाता है, जो इस बाधा के लुप्त होने पर ही विलोप हो पाती है।

तथापि जो कोई प्रत्यक्षतः घृणा करता है, वह उनकी अपेक्षा सम्बन्ध के अधिक क़रीब है, जो प्रेम और घृणा दोनों से रहित हैं।

•

हमारे भाग्य का, लेकिन, चरम विषाद यह है कि प्रत्येक *तुम* को हमारे संसार में *वह* होना ही पड़ता है। चाहे वह कितने ही अपरोक्ष सम्बन्ध में हो, उस सम्बन्ध के दौर के पूरा होने पर या साधनों द्वारा उसका फैलाव होने पर, *तुम* वस्तुओं के बीच एक वस्तु बनकर रह जाता है, शायद सर्वोत्कृष्ट वस्तु लेकिन उनकी ही तरह सीमाओं और माप में बँधा। कृति के वास्तविकीकरण में वास्तविकता का लोप आवश्यक है। प्रामाणिक ध्यान देर तक नहीं रहता; पारस्परिकता के रहस्य में जो प्राकृतिक प्राणी मात्र पर उद्घाटित होता है वह पुनः वर्णनीय, विश्लेषणीय, वर्गीकरणीय हो जाता है—वह बिन्दु जहाँ नियमों की बहुविध पद्धतियाँ परस्पर प्रतिच्छेद करती हैं। प्रेम भी प्रत्यक्ष सम्बन्ध में क़ायम रह नहीं पाता; वह रहता तो है किन्तु वास्तविकता और अव्यक्तता के प्रत्यावर्तन में। वह मनुष्य जो अद्वितीय और गुणातीत था, समीप नहीं बल्कि उपस्थित, अनुभवनीय नहीं बल्कि स्पर्श्य, पुनः एक *वह* बन जाता है, गुणों का एक समुच्चय, एक साकार प्रमात्रा। अब मैं पुनः उससे उसके बालों, उसकी वाणी और उसकी शालीनता का रंग निचोड़ सकता हूँ; लेकिन जब मैं ऐसा करता हूँ तो वह मेरा *तुम* नहीं हो पाता।

इस संसार में प्रत्येक *तुम* अपने स्वभाव में ही एक वस्तु हो जाने के लिए नियतिबद्ध है—या कम-से-कम बार-बार वस्तुत्व में प्रवेश करने के लिए। वस्तुओं की भाषा में—एक वस्तु होने के पहले या अनन्तर—प्रत्येक वस्तु किसी *मैं* के सम्मुख उसके *तुम* के रूप में प्रकट होती है। लेकिन वस्तुओं की भाषा उसकी वास्तविक ज़िन्दगी का केवल एक छोर ही पकड़ पाती है।

वह कोषावस्था है, *तुम* तितली। यह सदैव नहीं होता कि ये अवस्थाएँ इतनी स्पष्टता से रूप बदलती हैं; अधिकांशतः यह घटनाओं की ऐसी पेचीदा उलझी हुई शृंखला है जो चक्करदार दोहरी होती है।

●

प्रारम्भ में सम्बन्ध है।

जो वस्तुओं में वंचित रहे और जिनका जीवन एक छोटे-से कर्मक्षेत्र तक सीमित रहता है, जिसमें एक प्रभावशाली उपस्थिति होती है, उन 'आद्य' जातियों की भाषा पर विचार करो। इस भाषा का नाभि-केन्द्र, उनके वाक्य-शब्द—उनके व्याकरण-पूर्व रूप जो अन्ततः शब्दों के बहुविध भिन्न प्रकारों में फलित हुए—सामान्यतः एक सम्बन्ध की सम्पूर्णता को निर्दिष्ट करते हैं। हम कहते हैं, 'बहुत दूर'; जुलू में उसकी जगह एक वाक्य-शब्द है, जिसका अर्थ है 'माँ, मैं खो गया हूँ।' और फ्यूजियन तो सात अक्षरों के एक वाक्य-शब्द से हमारी सारी विश्लेषणात्मक बुद्धि को मात दे देती है, जिसका शब्दशः अर्थ है : "वे एक-दूसरे की ओर देखते हैं, दोनों में से प्रत्येक प्रतीक्षा में है कि दूसरा वह प्रस्ताव करे जो दोनों चाहते हैं, लेकिन कोई भी करना नहीं चाहता।" इस सम्पूर्णता में संज्ञाओं और सर्वनामों के सम्पूर्ण स्वावलम्बन की उपलब्धि के बिना ही अन्तर्जड़ित प्रतिमाओं की तरह व्यक्ति उभर आते हैं। विश्लेषण और विमर्श के उत्पाद नहीं, बल्कि प्रामाणिक मौलिक एकता, मुक्त सम्बन्ध अधिक महत्त्वपूर्ण हैं।

हम अपने मिलने वालों के लिए शुभकामना कर या अपनी श्रद्धा प्रकट कर अथवा ईश्वर से उन पर कृपा करने की प्रार्थना कर उनका अभिवादन करते हैं। लेकिन किसी काफ़िर के चिरयुवा, दैहिक और सम्बन्धात्मक अभिवादन 'मैं तुम्हें देख रहा हूँ' या उसके हास्यजनक किन्तु उत्कृष्ट रूप 'सूँघो मुझे!' के मुक़ाबले ये घिसे-पिटे अभिवादन कितने अप्रत्यक्ष हैं। (हेल! में अब शक्ति प्रदान करने की वह मूल भावना कहीं भी ध्वनित नहीं होती।)

हम यह मान सकते हैं कि सम्बन्ध और अवधारणाएँ, उसी तरह व्यक्तियों और वस्तुओं के बारे में हमारे विचार सामान्यतः सम्बन्ध की प्रक्रियाओं और अवस्थाओं के बारे में विचारों से रूप लेते हैं। 'प्राकृतिक मनुष्य' के प्रारम्भिक, मनोद्बोधक प्रभाव और प्रेरणाएँ सम्बन्ध-प्रक्रियाओं—सम्मुखीकरण के जीवन्त बोध—और सम्बन्धावस्थाओं—सम्मुख के साथ रहने—से उत्पन्न होते हैं। जिस चन्द्रमा को वह हर रात देखता है, उसके

बारे में वह तब तक नहीं सोचता जब तक वह निद्रा या जागृति में भी उसके सम्मुख सदेह नहीं आता, और उस पर अपनी भंगिमाओं से जादू नहीं डालता अथवा उसे स्पर्श करते हुए उसके साथ कुछ बुरा या मधुर करता है। उसके पास जो रह जाता है वह प्रकाश के किसी परिवर्तनशील चक्र अथवा उससे जुड़े किसी अमानवीय अस्तित्व का दृश्यात्मक विचार नहीं, बल्कि प्रथमतः चन्द्रमा की क्रियाशीलता का वह बिम्ब होता है जो उसके शरीर के माध्यम से एक तन्त्रिका-प्रेरक के रूप में तरंगित होता है। केवल तभी उसकी स्मृति बनती है, जो हर रात अजाने ही आत्मसात् होकर उस क्रियाशीलता के पीछे के एक कर्ता के विचार में दीपित होता है। केवल तभी *तुम* के लिए यह सम्भव होता है कि जो मूलतः किसी अनुभव की वस्तु नहीं हो सकता था, सहज रूप से स्थायित्व लेकर मूर्त होता और एक *वह* हो पाता है।

सभी इयत्ताओं के प्रकटन का मूल सम्बन्धात्मक चरित्र दीर्घावधि तक बना रहता और प्रभावी होता है। इससे हमें आद्य जीवन के उस आध्यात्मिक तत्त्व को समझने में मदद मिल सकती है, जिस पर अधुनातन साहित्य में उचित व्याख्या के बिना ही काफ़ी चर्चा होती रही है : वह रहस्यात्मक शक्ति जिसकी अवधारणा कई आद्य जातियों की आस्था और विज्ञान (जो इस बिन्दु पर एक ही हैं) के सभी रूपाकारों में पायी गयी है—वह *मन* या *ओरेंडा* जिससे हम *ब्रह्मन्* और जादुई ग्रन्थों तथा देवदूतीय पत्रों की गतिकी की और चमत्कार तक के मार्ग की तलाश कर सकते हैं। आद्य मानव की कोटियों के साथ न्याय न कर सकने वाली हमारी कोटियों की पदावली में उन्हें अतिबोधात्मक या अतिप्राकृतिक शक्तियाँ कहा गया है। उसके संसार की सीमाएँ उसके दैहिक अनुभवों से आँकी गयी हैं, जिनमें मृतकों का आगमन बिल्कुल 'स्वाभाविक' है। यह विचार कि कुछ भी अबोधात्मक हो सकता है, उनके लिए मूर्खता है। जिन प्रकटनों को वह 'रहस्यात्मक-अन्तःशक्ति' की चारित्रिकता कहता है, वे सभी प्राथमिक सम्बन्ध-प्रक्रियाएँ हैं, अर्थात् जिन प्रक्रियाओं के बारे में वह सोचता है वे सभी उसकी देह को प्रेरित करती और उस पर ऐसी प्रेरणा का प्रभाव छोड़ती हैं। चन्द्रमा और मृतक रात में, जिनसे वह वेदना या वासना से आविष्ट होता है, सब यह शक्ति रखते हैं; उसी तरह सूर्य भी, जो उसे जलाता है, वनपशु जो उस पर गुर्राता है, मुखिया जिसकी दृष्टि

उसे विवश कर देती है और ओझा, जिसके गीत उसे शिकार के लिए शक्ति देते हैं। *मन* वह है जो सक्रिय और प्रभावी है, जिसने आकाश में चन्द्रमा को एक शक्ति के रूप में ख़ून जमा देने वाला *तुम* बना दिया है, जिसकी उत्तेजना के प्रभाव एक वस्तु के प्रभावों में रूपान्तरित होकर केवल एक स्मृति-रेखा छोड़ जाते हैं, यद्यपि *मन* स्वयं केवल एक अभिकर्ता के रूप में ही प्रकट होता है। यह वह है जिसके हमारे पास होने पर—जैसे एक जादुई पत्थर में—हम स्वयं वैसा ही प्रभाव उत्पन्न कर सकते हैं। 'आद्य' संसार अपने केन्द्र में किसी मानवीय जादुई शक्ति के होने के कारण नहीं, बल्कि इसीलिए जादुई है कि ऐसी कोई भी शक्ति उस सामान्य शक्ति का ही एक रूप है जो सभी प्रभावी क्रियाशीलताओं का स्रोत है। उसके संसार की कारणता कोई निरन्तरता नहीं है; वह एक शक्ति है जो कौंधती है, मार करती है और तड़ित की तरह सर्वदा प्रभावी है, निरन्तरता से रहित एक ज्वालामुखीय आवेग। *मन* एक आद्य अमूर्तन है, शायद अंकों से भी अधिक आद्य, लेकिन अतिप्राकृतिक नहीं। स्मृति स्वयं को शिक्षित करती हुई सम्बन्धात्मक घटनाओं और प्रारम्भिक परिवर्तनों की एक शृंखला निर्मित करती है। बचे रहने के लिए कर्मशक्ति और उससे भी अधिक ज्ञान के लिए प्रेरणा, जो सक्रिय और प्रभावी है, बहुत स्पष्ट होती जाती और स्वाधीन हो जाती है, जबकि कम महत्त्वपूर्ण, जिसमें हिस्सेदारी नहीं होती, अनुभवों का परिवर्तनशील *तुम* मनुष्य की स्मृति में क्रमशः क्षीणतर और एकाकी रह जाता है और धीरे-धीरे एक वस्तु होकर समूहों और प्रजातियों में वर्गीकृत हो जाता है। लेकिन तीसरा तत्त्व, भयंकर वीतराग और कभी-कभी मृतक और चन्द्रमा से भी अधिक अलौकिक, अधिकाधिक दृढ़ता से स्पष्ट हो जाता है, जब तक अन्ततः दूसरा भागीदार, जो सदैव वही रहता है, *मैं* होकर आविर्भूत होता है।

आत्म-रक्षा के लिए मूल प्रेरणा किसी अन्य प्रेरणा से अधिक *मैं-चेतना* (अहं-चेतना) के साथ नहीं होती। जो अपने को प्रसारित करना चाहती है, वह *मैं* नहीं देह होती है जो अभी तक *मैं* का कोई बोध ही नहीं रखती। *मैं* नहीं बल्कि देह ही वस्तुओं, औज़ारों, खिलौनों को बनाना और 'आविष्कारक' होना चाहती है। और संज्ञान की आद्य क्रियात्मकता तक में 'मैं जानता हूँ, इसलिए मैं हूँ' का कोई भोले क़िस्म का रूप भी नहीं पाया जा सकता, न किसी अनुभव करने वाली चेतना की कोई बाल-

सुलभ अवधारणा। केवल जब आद्य साक्षात्करण सम्भव होता है और सजीव मूल शब्दों *'मैं तुम* के रूप में' तथा '*तुम मैं* के रूप में' को विभाजित करके उसके अंशों को मूर्त और मानवीकृत किया जाता है तो एक तत्त्व की शक्ति के साथ *मैं* का उदय होता है।

•

आद्य मानस के इतिहास में दो मूल शब्दों का बुनियादी भेद इस प्रकार प्रकट होता है : मूल सम्बन्धात्मक घटना में भी आद्य मनुष्य मूल शब्द *मैं-तुम* को प्राकृतिक ढंग से बोलता है क्योंकि वह अभी तक रूपायित नहीं है, अभी तक वह स्वयं को एक *मैं* के रूप में नहीं जान पाया है; लेकिन मूल शब्द *मैं-वह* तो अपने संज्ञान से ही सम्भव होता है, *मैं* के विलगाव द्वारा।

पहला शब्द *मैं* और *तुम* में विभाजित हो जाता है, लेकिन यह उनके समुच्चय की तरह नहीं जन्म लेता, वह किसी भी *मैं* की पूर्व धारणा करता है। दूसरा मूल शब्द *मैं* और *वह* के समुच्चय से जन्म लेता है, वह *मैं* की पश्चधारणा करता है।

अपनी ऐकान्तिकता के कारण आद्य सम्बन्धात्मक घटना में *मैं* सम्मिलित होता है क्योंकि अपनी प्रकृति में ही यह घटना दो भागीदारों से संघटित होती है—मनुष्य और उसके सम्मुख प्रस्तुत कोई; दोनों अपनी पूर्ण वास्तविकता में और संसार एक द्विविध व्यवस्था हो जाती है; और इस प्रकार मनुष्य को अभी तक अज्ञात *मैं* की ब्रह्माण्डीय कारुणिकता का कुछ बोध होने लगता है।

दूसरी ओर मूल शब्द *मैं-वह* और मैं—सम्बन्धित अनुभव की ओर ले जाने वाले प्राकृतिक तथ्य में अभी तक *मैं* सम्मिलित नहीं है। यह तथ्य है संवेदनों के वाहक के रूप में मानव-देह की अपने परिवेश से विविक्ति। इस विशेषता से देह अपने को जानना और भेद करना सीख जाती है, लेकिन यह भेद उस सतह पर रहता है, जहाँ वस्तुएँ एक-दूसरे के पड़ोस में होती हैं और इसलिए वह अन्तर्निहित *मैं-सादृश्य* के चरित्र की कल्पना नहीं कर पाती।

लेकिन सम्बन्ध के *मैं* के एक बार उभरने और अपने विलगाव में अस्तित्ववान होने के बाद वह किसी प्रकार अपने में अतीन्द्रियता और

कार्यात्मकता विकसित कर लेती और अपने परिवेश से विलगाव के प्राकृतिक तथ्य में प्रवेश कर *मैं-सादृश्य* को उद्‌बुद्ध कर लेती है। केवल तब ही मूल शब्द *मैं-वह* के पहले रूप *मैं* के एक *मैं* द्वारा अनुभव के माध्यम से चेतन *मैं-चरित्र* अस्तित्व में आता है। इस तरह अस्तित्व में आया *मैं* स्वयं को संवेदनों का वाहक और परिवेश को अपनी वस्तु घोषित करता है। निश्चय ही यह किसी ज्ञानमीमांसीय नहीं बल्कि 'आद्य' रूप में ही होता है; तथापि एक बार 'मैं पेड़ को देखता हूँ' वाक्य के इस प्रकार उच्चरित होने पर इसका सम्बन्ध एक मानवीय *मैं* और एक पेड़ *तुम* का नहीं रहता, बल्कि मानव चेतना द्वारा पेड़ को एक वस्तु की तरह ग्रहण करने के कारण वह विषयी और विषय (वस्तु) के बीच एक कठिन अवरोध निर्मित कर लेता है; मूल शब्द *मैं-वह,* विलगाव का शब्द बोल दिया गया है।

●

—तो क्या हमारे विषादमय भाग्य ने आद्य इतिहास में ही रूप ले लिया था?

—निश्चय ही, यह आद्य इतिहास में मनुष्य के चेतन जीवन के विकास के साथ ही विकसित हुआ, लेकिन चेतन जीवन में ब्रह्माण्डीय इयत्ता मानव सम्भवन के रूप में आवृत्ति करती है। आत्मा काल में प्रकृति के एक उत्पाद, या सह-उत्पाद तक के रूप में प्रकट होती है और फिर भी, यह आत्मा है, जो प्रकृति का कालातीत अवगुंठन कर लेती है।

●

— तो क्या तुम अन्ततः मानवता के आद्य काल में किसी स्वर्ग में विश्वास करते हो?

—चाहे वह नरक ही हो—और जिस युग तक हम ऐतिहासिक विचार में पीछे जा सकते हैं, निश्चय ही वह क्रोध और त्रास तथा यातना और निर्दयता से भरा था—अवास्तविक तो नहीं था वह।

आद्य मनुष्य के सम्मुखीकरण के अनुभव शायद ही कभी सौम्य आनन्द के रहे होंगे; लेकिन अरूप अंकों के लिए भुतहा व्याकुलता से हिंसा के सम्मुख होना बेहतर है! प्रथम का गन्तव्य केवल शून्य है, जबकि द्वितीय

से एक मार्ग ईश्वर की ओर जाता है।

यदि हम आद्य मनुष्य के जीवन को पूरी तरह समझ भी जायें तो भी वह वास्तविक आद्य मनुष्य के जीवन के लिए एक रूपक से अधिक नहीं होगा। इसलिए आद्य हमें दो मूल शब्दों के कालिक क्रम के बारे में संक्षिप्त झलकियाँ ही देता है। अधिक पूर्ण सूचना हमें बच्चे से प्राप्त होती है।

यहाँ असंदिग्ध रूप से यह स्पष्ट हो जाता है कि आध्यात्मिक वास्तविकता किस प्रकार प्राकृतिक वास्तविकता से उदय होती है : मूल शब्द *मैं-तुम* की प्राकृतिक साहचर्य से और मूल शब्द *मैं-वह* की प्राकृतिक विलगाव से।

बच्चे का प्रसवपूर्व जीवन निरा प्राकृतिक साहचर्य है, एक-दूसरे की ओर प्रवाहित, एक दैहिक पारस्परिकता; और विकासशील बच्चे के जीवन-क्षितिज का अंकन निराला होता है, और उसे वहन करने वाले प्राणी में अनंकित भी, क्योंकि जिस गर्भ में वह रहता है वह केवल मानवीय माता का ही नहीं होता। यह साहचर्य इतना ब्रह्माण्डीय होता है कि वह किसी आद्य अभिलेख का अपूर्ण अर्थ लगता है, जैसा कि यहूदी पुराकथा की भाषा में हमें बताया जाता है कि मनुष्य अपनी माँ के गर्भ में विश्व को जानता है और जन्म लेने पर उसे भूल जाता है। किसी ललक के गुप्त बिम्ब की तरह यह साहचर्य हमारे अन्दर रहता है। लेकिन इस ललक को प्रतिगमन की लालसा नहीं समझा जाना चाहिए, जैसा कि वे लोग मानते हैं जो आत्मा को अपनी बुद्धि से गड़बड़ा देते और उसे प्रकृति का परजीवी मान लेते हैं। आत्मा प्रकृति का पुष्पण है, यद्यपि कई बीमारियों के जोख़िम के साथ इस ललक का लक्ष्य उस इयत्ता का ब्रह्माण्डीय साहचर्य है जो अपने वास्तविक *तुम* के साथ आत्मा में फूट आया है।

प्रत्येक विकासशील मानव बच्चा, अन्य सभी प्राणियों की तरह, महान्-माता के अभिन्न, अभी तक अरूप अधिगर्भ में रहता है। वहाँ से वह एक व्यक्तिगत जीवन में प्रवेश के लिए अलग होता है और जब हम उससे बाहर आते हैं, उस गूढ़ समय में उसके फिर निकट होते हैं। लेकिन, यह विलगाव दैहिक माता से विलगाव की तरह अकस्मात् और विपत्तिपूर्ण नहीं होता। मानव बच्चे को एक आध्यात्मिक साहचर्य—एक सम्बन्ध—

के लिए विश्व के साथ प्राकृतिक साहचर्य से अलग होने के लिए कुछ समय दिया जाता है। आदिगर्त के दीप्त अन्धकार से वह शान्त और सरल सृष्टि में उसे तत्काल अधिकृत किये बिना प्रवेश कर जाता है : उसे उसको सँवार कर अपने लिए एक वास्तविकता बनाना होता है; अपना वह संसार देखने, सुनने, अनुभव करने और रचकर उपलब्ध करना होता है। सम्मुखीकरण में ही सृष्टि अपना रूप उद्घाटित करती है; वह प्रतीक्षा कर रही ज्ञानेन्द्रियों पर नहीं बरसती, बल्कि उन पर मिलने की कृपा करती है, जो उससे मिलने का प्रयास करते हैं। एक वस्तु के रूप में पूर्ण मानव-प्राणी को जो घेरे रहता है, उसे तब ही श्रमपूर्वक अर्जित करना और जीतना होता है, जब वह विकास कर रहा होता है। सम्मुखीकरण की पारस्परिक शक्ति के सिवा कुछ भी अनुभव का घटक या अपने को उद्घाटित करने का माध्यम नहीं हो सकता। आद्यों की तरह एक बच्चा भी नींद और नींद के बीच (और जागृति का अधिकांश अभी तक नींद ही है), सम्मुखीकरण की कौंध और प्रतिकौंध के बीच रहता है।

सम्बन्ध के लिए यह अन्तर्जात ललक अति-प्रारम्भिक और अस्पष्टतर अवस्था तक में दिखायी देती है। ब्योरों को समझने से पहले ही मन्द झलकियाँ अनन्त की ओर अस्पष्ट दिक् में धकेल देती हैं; और कभी-कभी जब स्पष्टत: पोषण की कोई इच्छा नहीं होती तो हाथों की कोमल गतियाँ निरुद्देश्य ही सभी प्रकटनों, अनन्त की ओर ख़ाली वायु में पहुँचती रहती हैं। किसी के इसे पशुवत् कहने से हमारी समझ की कोई सहायता नहीं होती। ये झलकें, बहुत-से प्रयोगों के बाद अन्तत: लाल दीवारी काग़ज़ के बेलबूटों पर आकर टिक जाती हैं और तब तक नहीं हटतीं जब तक लाल की आत्मा उनके सम्मुख खुल नहीं जाती है। यह गतिविधि अपना ऐन्द्रिक रूप और निश्चितता किसी झबरे भालू-खिलौने के सम्पर्क से ग्रहण करती और प्रेमपूर्वक अविस्मरणीय ढंग से एक सम्पूर्ण शरीर का बोध करती है : दोनों ही मामलों में किसी वस्तु का अनुभव नहीं, बल्कि एक सजीव, सक्रिय प्राणी के साथ सम्पर्क का—चाहे अपनी 'कल्पना' में ही सही। (यह कल्पना किसी भी रूप में 'सर्वात्मवाद' का रूप नहीं है; यह किसी भी वस्तु को *तुम* में रूपान्तरित करने की प्रेरणा है, एक सर्व-सम्बन्ध के लिए प्रेरणा और जब वह अपने सम्मुख किसी सजीव सक्रिय प्राणी को नहीं बल्कि केवल एक बिम्ब या प्रतीक को

पाती है तो अपनी ही पूर्णता से उसे एक सक्रिय सजीवता प्रदान कर देती है। छोटी अरूपायित ध्वनियाँ निरर्थक बजती रहती हैं—लगातार एक शून्य में : किन्तु अचानक एक दिन अजाने ही वे एक वार्तालाप में बदल जाती हैं—किसके साथ? शायद एक खदबदाती चाय की केतली के साथ, किन्तु एक वार्तालाप में। बहुत-सी गतिविधियाँ, जो केवल सहज क्रिया कही जाती हैं, वस्तुतः उस व्यक्ति के लिए अपना संसार बनाने की मज़बूत खुरपी होती है। ऐसा नहीं है, मानो कोई बच्चा पहले किसी वस्तु को देखता और तब उसके साथ एक सम्बन्ध में प्रवेश करता है। सम्बन्ध के लिए ललक प्राथमिक है, चषकाकार हथेली जिसमें सम्मुख प्राणी अपना घोंसला बनाता है, *तुम* कहने की एक अशब्द प्रत्याशा, उसके साथ एक सम्बन्ध, द्वितीय है। लेकिन किसी भी वस्तु की उत्पत्ति एक बाद का उत्पाद है जो प्राथमिक सम्मुखीकरण के विभाजन, सहचर भागीदारी के विलगाव से विकसित होती है—जैसे *मैं* की उत्पत्ति। प्रारम्भ में शब्द है—सत्त्व की कोटि की तरह, तत्परता की तरह, भरे जाने के लिए प्रयासरत एक रूप की तरह, आत्मा के एक प्रतिमान की तरह, सम्बन्ध का प्रागनुभव अन्तर्जात *तुम*।

जिस सम्बन्ध में हम जीते हैं, उसमें अपने सम्मुख *तुम* में अन्तर्जात *तुम* का बोध होता है : जिसे हम अपने सम्मुख एक इयत्ता की तरह ग्रहण करते और विशिष्ट स्वीकार करते हैं, जिसको अन्ततः मूल शब्द से सम्बोधित कर सकते हैं, उसी में सम्बन्ध के प्रागनुभव की पृष्ठभूमि होती है।

सम्पर्क की प्रेरणा में (मूलतः स्पर्श-सम्पर्क और अनन्तर दृष्टि-सम्पर्क की प्रेरणा) शीघ्र ही अन्तर्जात *तुम* आगे आ जाता और यह स्पष्ट हो जाता है कि प्रेरणा की मंज़िल पारस्परिकता है, 'सदयता'। लेकिन, इससे वह आविष्कारक प्रेरणा भी निर्धारित हो जाती है जो अनन्तर प्रकट होती है (संश्लिष्ट वस्तुओं को बनाने, और यह सम्भव न होने पर विश्लेषणात्मक वस्तुओं को बनाने की प्रेरणा—अलग-अलग करने के द्वारा) और इस प्रकार उत्पाद का 'वैयक्तिकीकरण' हो जाता और एक 'वार्तालाप' शुरू हो जाता है। बच्चे की आत्मा का विकास अनिवार्यतः *तुम* के लिए उसकी ललक से, उस ललक की सिद्धि या उसकी निराशा से, उसके प्रयोगों के खेल से और उसकी त्रासद गम्भीरता से जुड़ा है, जब वह पूरी तरह पराजित अनुभव करता है। इस सारे घटनाक्रम की वास्तविक समझ

उन्हें संकीर्ण परिवृत्तों में घटित करने के प्रयत्नों से निर्धारित होती है तथा उन्हें तभी उन्नत किया जा सकता है जब हम उन पर विचार-विमर्श करते हुए उनकी ब्रह्माण्डीय—पराब्रह्माण्डीय—उत्पत्ति पर ध्यान देते हैं। हमें उस अभिन्न, अरूपित आद्य विश्व के परे को याद करना होगा, जिससे मूर्त व्यक्ति का पूर्ण उदय हुआ—यद्यपि दैहिक स्तर पर नहीं—उस यथार्थ इयत्ता का, जिसे सम्बन्धों में प्रवेश के माध्यम से धीरे-धीरे विकसित होना है।

●

मनुष्य एक *तुम* के माध्यम से एक *मैं* हो पाता है। हमारे सम्मुख कुछ प्रकट होता और ग़ायब हो जाता है, सम्बन्धात्मक घटनाएँ रूप लेतीं और बिखर जाती हैं और इन परिवर्तनों के माध्यम से हर बार सतत भागीदार की चेतना, *मैं चेतना,* अधिकाधिक निश्चित होती जाती है। निश्चय ही, एक लम्बी अवधि तक वह एक *तुम* के साथ सम्बन्ध में बुनी होती है, वह *तुम* जो ज्ञेय होते तथा अपनी ओर आते हुए भी वास्तव में *तुम* नहीं होता। लेकिन वह क्रमश: उस विस्फोटक बिन्दु के अधिकाधिक निकट आता जाता और एक दिन बन्धन टूट जाता है और एक *तुम* की तरह *मैं* एक पल के लिए अपने विलगित आत्म के सम्मुख होता है—और तब वह अपना पूर्ण स्वामित्व ग्रहण कर लेता तथा अनन्तर पूर्ण सचेतन होकर सम्बन्धों में प्रवेश करता है।

अब दूसरे मूल शब्द को साथ रखा जा सकता है। यद्यपि सम्बन्ध का *तुम* हमेशा फिर फीका पड़ता रहा, वह कभी भी *मैं* के लिए *वह* नहीं हुआ—एक तटस्थ बोध और अनुभव की वस्तु, जो वह अब हो जाता है—लेकिन अब वह अपने लिए एक *वह* है, पूर्व में अलक्षित कुछ जो नयी सम्बन्धात्मक घटना की प्रतीक्षा में था। निस्सन्देह, अपने संवेदनों की वाहक और प्रेरणाओं की निष्पादक विकसित होती देह अपने परिवेश से स्पष्ट अलग होती है, लेकिन एक-दूसरे के पड़ोस में जहाँ कोई अपना रास्ता पा सकता है, लेकिन अभी तक *मैं* और वस्तु का चरम विलगाव नहीं होता। तथापि, अब विलगित *मैं* रूपान्तरित हो जाता है—सारवान पूर्णता से एक कर्ता की क्रियात्मक एकायामिता में, जो वस्तुओं का अनुभव और उपयोगी करती है—और इस प्रकार *वह के लिए वह* की ओर बढ़ती, उसे अधिकृत करती और उसके साथ जुड़कर दूसरे मूल शब्द की

रचना करती है। वह व्यक्ति जिसने *मैं* को पा लिया है और *मैं-वह* कह सकता है, वस्तुओं के सामने एक अवस्थिति ले सकता है, लेकिन उनके साथ पारस्परिक सक्रियता में नहीं आता। वह आवर्धन लेंस से उसे ऐन्द्रिक स्तर पर ग्रहण करने और उसके ब्योरों को जानने का प्रयास करता अथवा दूरदर्शी यन्त्र से देखता हुआ उसे एक परिदृश्य में बदल सकता है। वह अपनी कल्पना में बहिष्करण की लेशमात्र की भावना के बिना उन्हें विलग कर सकता या किसी सांसारिक भावना के बिना ही उन्हें संयुक्त कर देता है। पहली का बोध सम्बन्ध के माध्यम ही से सम्भव है और दूसरी का केवल वहाँ से शुरू करके। केवल अब वह वस्तुओं को उनके गुणों के समुच्चय के रूप में अनुभव करता है। निश्चय ही प्रत्येक सम्मुखीकरण के बाद गुण उसकी स्मृति में रहे होते हैं—स्मृत *तुम* के गुणों की तरह; लेकिन अब उसके लिए वस्तुएँ कुछ गुणों से संघटित हैं। अपनी मानसिकता के अनुरूप स्वप्नवत्, दृश्यात्मक अथवा अवधारणात्मक स्तर पर सम्बन्ध की अपनी स्मृति के आधार पर वह उस मर्म की सम्पूर्ति करता है जो अपने को प्रभावी रूप से *तुम* में प्रकट करता है—सभी गुणों को समाहित किये, सारवान्। केवल अब वह वस्तुओं को उनके देशकालिक सन्दर्भ में स्थित करता है, केवल अब प्रत्येक वस्तु अपना स्थान, अपना मार्ग, अपनी मान्यता, अपनी सोपाधिकता पा पाती है। *तुम* दिक् में भी प्रकट होता है लेकिन केवल उस अनन्य सम्मुखीकरण में, जिसमें प्रत्येक अन्य वस्तु उसकी सीमा या माप नहीं बल्कि केवल उसकी पृष्ठभूमि हो सकती है। *तुम* काल में भी प्रकट होता है लेकिन केवल अपने में पूर्ण एक प्रक्रिया में—एक प्रक्रिया, जो अनवरत और संगठित सिलसिले का अंग नहीं बल्कि ऐसी 'अवधि' में जिसके शुद्ध तीव्र आयाम का निर्धारण '*तुम*' से शुरू करके ही किया जा सकता है। वह एक साथ प्रभावोत्पादक और प्रभावित के रूप में तो प्रकटनशील है, लेकिन किसी कारण-शृंखला में समाहित हो पाने के रूप में नहीं, बल्कि *मैं* के साथ अपनी पारस्परिकता, किसी घटना के समारम्भ और समापन में। यह मानव-विश्व के मूल सत्य का अंश है : केवल *वह* को ही एक व्यवस्था में रखा जा सकता है। जब वस्तुएँ हमारा *तुम* नहीं रहतीं और हमारा *वह* हो जाती हैं, केवल तभी वे समन्वयन का विषय हो पाती हैं। *तुम* समन्वयन की कोई पद्धति नहीं जानता। लेकिन यहाँ तक आकर हमें एक और विज्ञप्ति कर देनी चाहिए, जिसके बिना मूल सत्य का यह अंश एक अनुपयुक्त टुकड़ा ही

रह पायेगा : एक व्यवस्थित विश्व विश्व-व्यवस्था नहीं होता। गुप्त स्थल के ऐसे क्षण होते हैं, जिनमें वर्तमान विश्व-व्यवस्था दृष्टव्य है, तब अचानक वह सुर सुनायी देता है, जिसकी अनवरत स्वरलिपि व्यवस्थित विश्व होता है। ये क्षण अमर होते हैं; कुछ भी उनसे अधिक क्षणभंगुर नहीं। वे ऐसा कुछ भी नहीं छोड़ते, जिसे सुरक्षित रखा जा सके, लेकिन उनका आवेग सृष्टि और मनुष्य के ज्ञान में प्रविष्ट हो जाता है तथा उस आवेग का विकिरण व्यवस्थित विश्व में व्याप्त होकर उसे बार-बार द्रवित करता है। अतएव व्यक्ति का इतिहास, अतएव जाति का इतिहास।

●

यह विश्व मनुष्य की दोहरी मानसिकता के अनुरूप दोहरा है।

वह अपने परिवेश को ग्रहण करता है, वस्तुओं को और वस्तुओं की तरह इयत्ताओं को; वह अपने इर्द-गिर्द घटित हो रहे को ग्रहण करता है—स्पष्ट प्रक्रियाओं और प्रक्रियाओं की ही तरह कर्मों को, गुणों से वस्तुओं और क्षणों से संघटित प्रक्रियाओं को, वैश्विक समन्वयन की पदावली में दर्ज वस्तुओं और कालिक समन्वयन की पदावली में दर्ज प्रक्रियाओं को, उन वस्तुओं और प्रक्रियाओं को जो अन्य वस्तुओं और प्रक्रियाओं से बाधित हैं और अन्य से माप्य तथा तुलनीय हैं—एक व्यवस्थित विश्व, एक तटस्थ विश्व। यह विश्व कुछ विश्वसनीय है; यह ठोस और सावधि है; उसके रूपायन को समझा जा सकता है; कोई उसे बार-बार प्रकट कर सकता है; उसे बन्द आँखों से गिना और खुली आँखों से जाँचा जा सकता है। वह यहाँ खड़ा है—अगर सोचें तो आपकी त्वचा के बिल्कुल पास, अथवा चाहें तो आपकी आत्मा में बसा हुआ; वह आपकी वस्तु है और आपकी इच्छानुसार वैसा बना रहता है—तथा आपके बाहर और अन्दर दोनों ओर प्राथमिक रूप से असम्बद्ध। आप उसे ग्रहण करते और अपने 'सत्य' के रूप में समझते हैं; वह आप द्वारा अपने ग्रहण किये जाने को स्वीकृति देता है लेकिन अपने को आपको दे नहीं देता। आप केवल उसके बारे में दूसरों से तालमेल कर सकते हैं; यद्यपि प्रत्येक के लिए उसका रूप भिन्न है, पर वह आपके लिए एक सामान्य वस्तु होने के लिए प्रस्तुत है; लेकिन आप उसमें दूसरों का सम्मुखीकरण नहीं कर सकते। आप उसके बिना जीवित नहीं रह सकते; उसकी विश्वसनीयता आपको सुरक्षा देती है, लेकिन यदि आपको उसमें मरना हो तो आप एक

शून्य में लुप्त हो जाते हैं।

मनुष्य के सम्मुख जो कुछ भी आता है, एक इयत्ता अथवा सम्भवन की तरह आता है—सदैव केवल एक इयत्ता और प्रत्येक वस्तु केवल एक इयत्ता। जो कुछ भी इस उपस्थिति में प्रकट होता है और जो कुछ घटित होता है, वह उसके लिए एक इयत्ता है। उसके सिवा कुछ भी उपस्थित नहीं होता और वह ब्रह्माण्डीय उपस्थिति है। मापन और तुलना पलायन कर गये हैं। यह आप पर है कि किस सीमा तक आप इस अमाप्य को अपने लिए वास्तविकता बना पाते हैं। ये सम्मुखीकरण स्वयं को एक विश्व नहीं बनाते, लेकिन उनमें से प्रत्येक आपके लिए विश्व-व्यवस्था का चिह्न होता है। उनका परस्पर कोई साहचर्य नहीं होता, लेकिन प्रत्येक विश्व के साथ आपके साहचर्य का आश्वासन होता है। इस तरह जो विश्व आपके सामने प्रकट होता है, वह अविश्वसनीय होता है, क्योंकि वह सदैव आपके लिए नया होता रहता है और आप उसे किसी वचन की तरह नहीं ले सकते। उसमें घनता का अभाव होता है क्योंकि उसमें प्रत्येक वस्तु अन्य वस्तु में व्याप्त हो जाती है। वह सावधिक नहीं है, क्योंकि वह अनामन्त्रित आता है और तब भी लुप्त हो जाता है, जब आप उससे लिपट रहे होते हैं। आप उसका सर्वेक्षण नहीं कर सकते : यदि आप उसे सर्वेक्ष्य बनाते हैं तो उसे खो देते हैं। वह आता है—आपको ले जाने के लिए आता है—किन्तु यदि वह आप तक नहीं पहुँचता या सम्मुखीकरण नहीं हो पाता तो वह लुप्त हो जाता है। लेकिन वह फिर आता है—रूपान्तरित होकर। वह आपके बाहर नहीं है, वह आपकी आधारभूमि को छूता है; और यदि आप 'मेरी आत्मा की आत्मा' भी कहते हैं तो ज़्यादा नहीं है यह कहना भी। लेकिन इसे आप अपनी आत्मा में स्थानान्तरित नहीं करें—इस तरह तो आप उसे नष्ट कर देंगे। वह आपका वर्तमान है; वह तभी तक वर्तमान है जब तक वह आपके पास है; आप उसे अपने लिए एक वस्तु बना सकते हैं, उसका अनुभव और उपयोग कर सकते हैं—आप अवश्य ऐसा बार-बार करेंगे—और तब वर्तमान आपके पास नहीं रह सकेगा। आपके और उसके बीच आदान-प्रदान है : आप उसे *तुम* कहते और अपने को उसे दे देते हैं; वह आपको *तुम* कहता और अपने को आपको दे देता है। आप उसके बारे में किसी अन्य से कोई समझौता नहीं कर सकते; आप उसके साथ अकेले

हैं; लेकिन वह आपको दूसरों के सम्मुख होना सिखाता है और ऐसे सम्मुखीकरणों में अपनी भूमि पर खड़ा रहना भी; और अपने आगमनों के अनुग्रह तथा प्रस्थानों के विषाद के माध्यम से वह आपको उस *तुम* की ओर ले जाता है जिसमें सम्बन्धों की रेखाएँ समान्तर होते हुए भी परस्पर काटती हैं। वह आपको जीने में मदद नहीं करता; वह आपको सनातनता के संकेत पाने में मदद करता है।

वह-विश्व दिक्काल में एक साथ होता है।

तुम-विश्व दिक्काल में एक साथ नहीं होता।

सम्बन्ध की घटना के पूरा होने पर वैयक्तिक *तुम* को *वह* हो जाना ही होता है। वैयक्तिक *वह* सम्बन्ध में प्रवेश करने पर *तुम* हो सकता है।

ये *वह-विश्व* की दो बुनियादी विशेष सुविधाएँ हैं। वे मनुष्य को *वह-विश्व* को ऐसे विश्व की तरह सोचने के लिए प्रेरित करती हैं जिसमें वह रह सकता और आराम से रह सकता है—और वह हमें सब तरह की प्रेरणाएँ और उत्तेजनाएँ, सक्रियताएँ और ज्ञान प्रस्तावित करता है। इस दृढ़ और दुरुस्त इतिवृत्त में *तुम-क्षण* विलक्षण रीति-नाट्यात्मक उपाख्यानों के रूप में प्रकट होते हैं। उनका दौर सम्मोहक हो सकता है, लेकिन वे सुपरीक्षित संरचनाओं को शिथिल करते, अपने पीछे सन्तोष से अधिक सन्देह छोड़ते तथा हमारी सुरक्षा को हिला डालते हुए हमें ख़तरनाक अतियों की ओर धकेलते हैं—पूरी तरह रहस्यमय, पूरी तरह अपरिहार्य, प्रत्येक को 'विश्व' में लौटना ही होता है जब, तो शुरू से उसी में क्यों न रहा जाये? जो कुछ हमारे सम्मुख आता है उसे व्यवस्थित करके वस्तु क्यों न कर लिया जाये? और जब कोई *तुम* कहने की स्थिति नहीं पा सकता, शायद अपने पिता, पत्नी, साथी, किसी को भी—तो क्यों नहीं *वह* के अर्थ में *तुम* कह सकता? अन्ततः अपनी कण्ठ-नलिका से *'तुम'* ध्वनि पैदा कर लेने का तात्पर्य रहस्यमय मूल शब्द बोलना नहीं होता। अपनी आत्मा से फुसफुसाया गया कामनापूर्ण *तुम* भी तब तक ख़तरनाक नहीं होता जब तक पूरी गम्भीरता के साथ किसी का तात्पर्य अनुभव और उपयोग के सिवा कुछ नहीं हो।

कोई निरे वर्तमान में नहीं रह सकता : यदि उसे शीघ्रता से पूरी तरह जीत लेने की सावधानी न बरती जाये तो वह हमें समाप्त कर देगा। लेकिन

निरे अतीत में कोई रह सकता है; वस्तुत: केवल वहीं जीवन को व्यवस्थित किया जा सकता है। वहाँ किसी को प्रत्येक क्षण का अनुभव और उपयोग करना होता है और तब उसका जलना बन्द हो जायेगा।

सत्य की सम्पूर्ण गम्भीरता के साथ, सुनो : *वह* के बिना कोई मानव-प्राणी नहीं रह सकता। लेकिन जो केवल उसी के साथ रहता है वह मानव नहीं है।

दो

व्यक्ति के इतिहास और मानव-जाति के इतिहास में अन्य मामलों में चाहे कितनी ही भिन्नता हो लेकिन वे कम-से-कम इस बात पर सहमत हैं : दोनों में *वह-विश्व* में निरन्तर वृद्धि होती रही है।

जाति के बारे में इस बात पर बहुधा सन्देह किया जाता है। लोगों का कहना है कि संस्कृतियाँ निरन्तर एक आदिम अवस्था से शुरू होती हैं, जिसका रंग चाहे भिन्न हो, लेकिन उनमें सदैव समान संरचना होती है—वस्तुओं के एक छोटे विश्व पर आधारित; और इस प्रकार व्यक्ति के जीवन की समरूपता किसी विशिष्ट संस्कृति के साथ तो हो पाती है, लेकिन पूरी जाति की संस्कृति के साथ नहीं। लेकिन यदि एकाकी रही संस्कृतियों की बात छोड़ दें तो हम पायेंगे कि अन्य संस्कृतियों के ऐतिहासिक प्रभाव में आने वाली संस्कृतियाँ एक अवस्था में उनके *वह-विश्व* को समाहित कर लेती हैं—शुरू में चाहे नहीं पर उनके महान् युग से पूर्व—कभी-कभी अपनी समकालीन-सी संस्कृतियों से भी जैसा यूनानियों ने मिस्त्रियों से; कभी किसी अतीत संस्कृति से अप्रत्यक्षतः, जैसा यूनानी *वह-विश्व* को पश्चिमी ईसाई जगत् द्वारा स्वीकार किया गया। वे अपने *वह-विश्व* का न केवल अपने अनुभवों बल्कि विदेशी प्रभावों के स्वीकार से भी विस्तार कर लेती हैं और केवल तभी इस प्रकार विकसित *वह-विश्व* अपना निर्णायक विस्तार कर पाता है, जिसमें अन्वेषण भी सम्मिलित होता है। (कुछ समय के लिए हमें *तुम-विश्व* की दृष्टि और कार्यों के विकास की सहभागिता पर ध्यान नहीं देना है।) सामान्यतः प्रत्येक संस्कृति का *वह-विश्व* अपने पूर्व की संस्कृति के *वह-विश्व* से अधिक व्यापक होता है और कुछ अवरोधों तथा आभासी प्रतिगमनों के बावजूद इतिहास में *वह-विश्व* की निरन्तर वृद्धि को स्पष्टतः देखा जा सकता है। इस सम्बन्ध में यह अनिवार्य नहीं कि किसी संस्कृति के 'विश्व' को सीमित या सान्त माना जाये या हम उसे कथित अनन्तता

की, या अधिक सही तौर पर कहें तो सान्तेतर मान लें : एक सीमित या सान्त विश्व में एक अनन्त विश्व से अधिक घटक, वस्तुएँ और प्रक्रियाएँ हो सकती हैं। इस बात पर भी ध्यान दिया जाना चाहिये कि हमें केवल प्रकृति के उनके ज्ञान के विस्तार की ही नहीं बल्कि उनके समाजीकरण के विस्तार और तकनीकी उपलब्धियों की तुलना भी करनी ही होगी, क्योंकि ये दोनों वस्तुओं के विश्व का विस्तार करते हैं।

वह-विश्व के साथ मनुष्य के मूल सम्बन्ध में अनुभव सम्मिलित है, जो इस विश्व को सदैव दुबारा संस्थापित करता है और उपयोग भी, जो उसके विविध प्रयोजनों को पूरा करता है—मानव-जीवन का संरक्षण, आराम और साज-सामान। *वह-विश्व* के विस्तार के साथ उसको अनुभव कर सकने और उपयोग कर सकने के सामर्थ्य की वृद्धि भी होनी अनिवार्य है। निश्चय ही, व्यक्ति प्रत्यक्ष अनुभव को अप्रत्यक्ष अनुभव, 'सूचना के संग्रह' में तब्दील कर सकता है; वह उपयोग को भी अधिकाधिक संक्षिप्त करते हुए विशिष्टिकृत 'उपयोग' में विकसित कर सकता है : तथापि, सामर्थ्य का पीढ़ी-दर-पीढ़ी विकास अपरिहार्य है। लोगों द्वारा वर्णित आत्मिक जीवन के निरन्तर विकास का तात्पर्य, सामान्यत: यही है। इसमें निश्चय ही आत्मा के विरुद्ध वास्तविक भाषिक दोष भी शामिल है, क्योंकि यह 'आत्मिक जीवन' ही आमतौर पर मनुष्य के आत्मा में जीने के रास्ते में बाधा होता है और अधिक से अधिक यही वह मामला है जिसे समाहित करने से पूर्व सुलझाना और रूपायित करना आवश्यक है। अवरोध : क्योंकि अनुभव और उपयोग के सामर्थ्य में, विकास में, सामान्यत:, मनुष्य का सम्बन्ध करने का सामर्थ्य कम होता जाता है—वह सामर्थ्य जो मनुष्य को आत्मा में जीने के योग्य बनाता है।

•

अपनी मानवीय अभिव्यक्ति में आत्मा मनुष्य का अपने *तुम* के प्रति उत्तर है। मनुष्य कई ज़बानों में बोलता है—भाषा, कला और कर्म की ज़बानें—लेकिन आत्मा एक होती है; यह उस *तुम* के प्रति उत्तर है जो रहस्य से प्रकट होता और रहस्य से हमें सम्बोधित करता है। आत्मा शब्द है। और मौखिक कथन भी पहले मनुष्य के मस्तिष्क में शब्द रूप होता है और तब उसके कण्ठ में ध्वनि हो पाती है, यद्यपि दोनों किसी सच्ची घटना के अपवर्तन होते हैं, क्योंकि सच तो यह है कि भाषा मनुष्य में नहीं रहती

बल्कि मनुष्य ही भाषा में होता और भाषा के कारण बोलता है—सभी शब्दों और आत्मा के साथ भी यही होता है। आत्मा *मैं* में नहीं बल्कि *मैं* और *तुम* के मध्य होती है। वह तुम्हारे अन्दर प्रवाहित रक्त की तरह नहीं, बल्कि उस वायु की तरह होती है जिसमें तुम साँस लेते हो। जब मनुष्य अपने *तुम* को उत्तर देने में समर्थ होता है तभी वह आत्मा में जीता है। वह ऐसा करने में तभी समर्थ हो पाता है जब वह अपने पूरे सत्त्व के साथ सम्बन्ध में प्रविष्ट होता है। केवल अपनी सम्बन्ध बनाने की शक्ति के ही कारण मनुष्य आत्मा में जीने के योग्य हो पाता है।

लेकिन यहीं सम्बन्धात्मक घटना की नियति अपनी पूरी शक्तिमत्ता के साथ उठ खड़ी होती है। उत्तर जितना शक्तिशाली होता है, उतनी ही शक्ति के साथ वह *तुम* को बाँध लेता और एक झटके में उसे एक वस्तु में बदल देता है। *तुम* के प्रति केवल मौन ही—सभी ज़बानों का मौन, अरूपित में अन्तर्हित प्रतीक्षा, अभिन्न, वाक्पूर्ण शब्द *तुम* को स्वतन्त्र छोड़ता और उसके साथ वहाँ खड़ा हो जाता है जिसमें आत्मा अपने को अभिव्यक्त नहीं करती लेकिन बस होती है। सारा उत्तर *तुम* को *वह-विश्व* से बाँध देता है। यही मनुष्य का विषाद है, और यही उसकी महानता। इस प्रकार ज्ञान, इस प्रकार कृतियाँ, इस प्रकार बिम्ब और उदाहरण जीवितों के बीच अस्तित्व में आते हैं।

लेकिन इस प्रकार जो कुछ भी *वह* में रूपान्तरित होता और वस्तुओं के बीच वस्तु-रूप में जड़ हो जाता है, उसमें पुनः रूपान्तरित होने की अर्थवत्ता और नियति बनी रहती है। फिर कभी—आत्मा का यही उद्देश्य होता है जब वह मनुष्य को अपने को अर्पित करती और उसमें उत्तर जगाती है—वस्तु सक्रिय होकर वर्तमान हो जाती और उस मूल रूप में लौट आती है, जिससे वह निःसृत हुई थी—मनुष्यों द्वारा धारण किये जाने और वर्तमान रूप में जिये जाने के लिए।

इस अर्थवत्ता और नियति की उपलब्धि उस मनुष्य द्वारा ही विफल कर दी जाती है जो *वह-विश्व* से सन्तुष्ट होकर उसे अनुभव और उपयोग की वस्तु मान लेता और जो उसमें जो कुछ है उसे स्वतन्त्र करने के बजाय उसी में बाँधे रखता है, जो उसे सुनने के बजाय निरीक्षण करता है, और जो उसे धारण करने के बजाय उसका उपयोग करता है।

ज्ञान : जब वह अपने सम्मुख को धारण करता है तो उसका सत्त्व ज्ञाता के सामने प्रकट हो जाता है। जो कुछ भी वह वर्तमान की तरह धारण करता है, उसको उसे एक वस्तु के रूप में समझना, अन्य वस्तुओं की तुलना करना तथा वस्तुओं की व्यवस्था में उसे एक स्थान देना तथा तटस्थ रूप से वर्णित और विश्लेषित करना पड़ेगा; एक *वह* की तरह ही उसे ज्ञान-भण्डार में समाहित किया जा सकता है। लेकिन धारण करने में वह वस्तुओं के बीच एक वस्तु मात्र नहीं रहता, न घटनाओं के बीच कोई घटना; वह एकान्त वर्तमान था। सत्त्व स्वयं को प्रकटीकरण से निष्कर्षित किसी नियम में नहीं, बल्कि प्रकटीकरण में ही सम्प्रेषित करता है। हम जिसे सार्वभौम समझते हैं वह किसी विशेष लच्छेदार घटना का सम्मुखीकरण की प्रक्रिया में चरखी से उतरना मात्र है। और अब वह अवधारणात्मक ज्ञान के *वह-रूप* के ताले में बन्द है। जो कोई उसे मुक्त करता और वर्तमान की तरह पुनः धारण करता है, वह वास्तविक और मनुष्यों के बीच सक्रिय ज्ञान की क्रिया के अर्थ का सम्पादन करता है। लेकिन ज्ञान की तलाश मात्र इस कथन से भी हो सकती है : ''तो मामला यह है; वह वस्तु का नाम है; वह इस तरह संघटित होती है; उसका सम्बन्ध वहाँ से है।'' जो कुछ *वह* हो गया है, उसे *वह* की तरह लिया जाता है, *वह* की तरह अनुभव और उपयोग किया जाता है, दूसरी वस्तुओं के साथ उसका भी संसार में किसी के प्रयोजन के लिए इस्तेमाल किया जाता है तथा अन्ततः विश्व को 'विजित' करने की परियोजना के लिए इस्तेमाल।

कला भी : जब वह अपने सम्मुख प्रस्तुत को धारण करती है तब रूप स्वयं को कलाकार के लिए प्रकट करता है। वह उसे एक बिम्ब में बदलने का जादू करता है। बिम्ब देवताओं की दुनिया में नहीं बल्कि मनुष्यों के इस महान् संसार में रहता है। निश्चय ही वह तब भी होता है जब मानवीय दृष्टि उस तक नहीं पहुँच रही होती है; लेकिन वह सुप्त होता है। चीनी कवि ने बताया है कि जब वह अपनी वज्रमणि की वंशी बजा रहा था तो मनुष्यों ने उस गीत को सुनना नहीं चाहा; तब उसने देवताओं के लिए बजाया तो उन्होंने उधर अपने कान दिये; और तब से मनुष्य भी गीत सुनते आ रहे हैं—और इस प्रकार वह देवताओं से उनकी ओर आया जिनके लिए बिम्ब अपरिहार्य है। सम्मुखीकरण में मनुष्य को

यह लगता है—जैसे स्वप्न में—कि वह उसके प्रभाव से मुक्त होकर रूप को एक कालातीत क्षण में ग्रहण कर सकता है। इसी क्षण में वह उसे अनुभव करता है जिसे अनुभव किया जाना है : इस तरह वह रचा जाता है या अभिव्यक्त होता है अथवा उसके गुण इस-इस तरह के हैं और सबसे ऊपर यह भी कि वह कितना श्रेष्ठ है।

यह नहीं कि वैज्ञानिक अथवा नन्दतिक बोध की कोई ज़रूरत नहीं है—लेकिन उसे अपना काम पूरी निष्ठापूर्वक करना चाहिए और स्वयं को सम्बन्ध के उस सत्य में तल्लीन और लुप्त कर देना चाहिए जो बोध का अतिक्रमण करता और बोधगम्य को ग्रहण करता है।

और तीसरी बात : वह ज्ञान की आत्मा और कला की आत्मा के भी शीर्ष पर है क्योंकि यहाँ नश्वर दैहिक मनुष्य को अपने को अनन्त प्रकृति में निर्वासित कर देना नहीं है, बल्कि उसका अतिक्रमण करते हुए स्वयं एक बिम्ब की तरह तारों भरे आकाश में उठ आना है, जैसे उसकी जीवन्त वाणी का संगीत उसके सब ओर गूँजता है—शुद्ध कर्म, कर्म जो यादृच्छिक नहीं है। यहाँ एक गहन रहस्य में से *तुम* मनुष्य के सम्मुख प्रकट हुआ, गहरे अँधेरे में से उसे सम्बोधित किया और उसने अपने पूरे जीवन के साथ उसे प्रत्युत्तर दिया। यहाँ शब्द जीवन हो गया है और यह जीवन सीख है—चाहे वह नियम का पालन करता या उसे तोड़ता है, क्योंकि पृथ्वी पर आत्मा को नष्ट होने से बचाना हो तो दोनों की ज़रूरत होती है। इस प्रकार वह भावी पीढ़ियों के लिए एक सीख है—क्या है और क्या होना चाहिए की सीख नहीं, बल्कि यह कि *तुम* के साक्षात् में कोई अपनी आत्मा में कैसे जीता है। और इसका तात्पर्य है : वह उनके लिए कभी भी *तुम* होने को प्रस्तुत रहता है—*तुम-विश्व* को उद्घाटित करता हुआ; नहीं, वह प्रस्तुत नहीं रहता बल्कि वह स्वयं उनकी ओर आता और उन्हें छूता है। लेकिन वे एक विश्व को उद्घाटित करने वाले विश्व से जीवन्त सम्पर्क के लिए अनुत्सुक और अयोग्य होने के कारण सुविज्ञ होते हैं; उन्होंने व्यक्ति को इतिहास में और उसकी वाणी को पुस्तकालय में बन्द कर दिया होता है; उन्होंने पालन और उल्लंघन का संहिताकरण कर रखा है; उनमें श्रद्धा-भक्ति की भी कमी नहीं है—थोड़े मनोविज्ञान के साथ मिश्रित, जो एक आधुनिक मनुष्य के लिए समीचीन ही है। ओ एकान्त साक्षात्, अन्धकार में तारकसम; ओ भावशून्य ललाट पर सक्रिय

अँगुली, ओ मन्द पड़ती गूँज वाले क़दमो!

•

अनुभव और उपयोग करने की योग्यता के बढ़ने में सम्बन्ध करने में मनुष्य का सामर्थ्य क्षीण होता जाता है।

जो मनुष्य आत्मा को इस तरह परखता है मानो वह सुरा हो—उसे अपने आसपास रहने वाली इयत्ताओं के साथ करना ही क्या है?

विलगाव के मूल शब्द के कारण, जो *मैं* और *वह* को दूर रखता है, उसने साथी मनुष्यों के साथ अपने जीवन को दो सुस्पष्ट भागों में विभाजित कर लिया है : संस्थान और भावनाएँ।

वह-भाग और *मैं-भाग*।

संस्थान वे 'बाहरी' क्षेत्र हैं जहाँ मनुष्य अपने सभी प्रयोजनों के लिए समय व्यतीत करता है, जहाँ वह काम करता है, समझौते करता, प्रभाव डालता, ज़िम्मेवारी लेता, प्रतिस्पर्धा करता, संगठित करता, प्रशासन करता, स्थानापन्न होता, उपदेश करता है; आधा-अधूरा व्यवस्थित और समग्रत: संगत संरचना मानवीय दिमाग़ों और मानव-अंगों की बहुविध सहभागिता के साथ सभी बार-बार अपना रास्ता तय करते हैं।

भावनाएँ वे 'आन्तरिक' क्षेत्र हैं जहाँ मनुष्य रहता और संस्थानों से अपना उद्धार करता है। यहाँ उत्सुक आँखों के आगे भावनाओं का प्रतिबिम्ब झूलता रहता है; यहाँ वह अपने रुझानों और अपनी घृणा में रस लेता है, सुख और, यदि अधिक बुरा न माना जाये तो, पीड़ा का अनुभव करता है। यहाँ वह चैन से रहता और दोलन-कुर्सी में विश्राम करता है।

संस्थान जटिल मंच होते हैं; भावनाएँ एक निजी कक्ष, जो कम-से-कम अच्छा-ख़ासा वैविध्य प्रदान करता है।

यह विलगाव, निश्चय ही, लगातार संकटापन्न होता है, क्योंकि हमारी विनोदी भावनाएँ वस्तुनिष्ठतम संस्थानों में भी घुस पड़ती हैं; यद्यपि थोड़ी सद्भावना के साथ हमेशा उनका पुनरुद्धार किया जा सकता है।

हमारे कथित निजी जीवन के क्षेत्रों में एक विश्वसनीय विलगाव बहुत कठिन होता है। उदाहरणार्थ, विवाह में उसे पाना हमेशा आसान नहीं

होता; लेकिन समय चमत्कारी है। कथित सार्वजनिक क्षेत्रों में वह उत्कृष्ट सफलता पाता है : उदाहरणार्थ, सोचो कि कैसे राजनीतिक दलों के ही नहीं, बल्कि दलों से ऊपर होने का दावा करने वाले समूहों और आन्दोलनों के युग में आकाश हिला देने वाले सम्मेलनों और ज़मीन पर घिसटने वाले कार्यक्रमों में अदला-बदली होती रहती है—चाहे यान्त्रिक और समरूप अथवा प्राकृतिक और बेडौल।

लेकिन संस्थानों का विभक्त *वह* एक आत्माहीन अस्तित्व होता है तथा भावनाओं का विभक्त *मैं* एक संभ्रमित आत्म-पक्षी। कोई भी मानव-प्राणी को नहीं जानता; एक के लिए केवल उदाहरण और दूसरे के लिए केवल 'वस्तु'। व्यक्ति या समुदाय को दोनों में से कोई नहीं जानता। कोई वर्तमान को नहीं जानता : जो आधुनिक हैं, केवल जड़ अतीत को जानते हैं, जो समाप्त हो चुका है, जबकि दूसरे जो अटल हैं, केवल प्रवहमान क्षण को जानते हैं, जो अभी नहीं है। दोनों में से किसी की पहुँच वास्तविक जीवन तक नहीं है। संस्थान सार्वजनिक जीवन का समर्पण नहीं करते; भावनाएँ व्यक्तिगत जीवन का नहीं करतीं।

संस्थानों द्वारा सार्वजनिक जीवन का समर्पण नहीं करने को मानव-प्राणियों के दुख में अधिकाधिक महसूस किया जाता है : वह हमारे युग की व्यथा और तलाश का स्रोत है। भावनाओं द्वारा निजी जीवन के समर्पण न करने की पहचान अभी कम ही लोगों को है; क्योंकि वे अभी तक आत्यन्तिक निजता का निवास लगती हैं। और एक दफ़ा आधुनिक मनुष्य की तरह, अपनी ही भावनाओं में पूरी तरह मग्न होना सीख लेने पर अपनी अवास्तविकता की निराशा भी आसानी से उनकी आँखें नहीं खोल सकतीं; आख़िर ऐसी निराशा भी तो एक भावना ही है और नितान्त दिलचस्प।

संस्थानों द्वारा सार्वजनिक जीवन का समर्पण न करने से दुखी लोगों द्वारा एक उपचार सोचा गया है : भावनाओं द्वारा संस्थानों को शिथिल करना, पिघलाना या विस्फोटित कर देना, मानो 'भावनाओं की स्वतन्त्रता' को उनमें घुसाकर उनका पुनर्नवीनीकरण किया जा सकता हो। जब स्वचालित राज्य अननुकूल नागरिकों को—बिना किसी प्रकार की भाईचारे की भावना विकसित किये—एक साथ अपने जुए के नीचे ले आता है तो उसे एक सौहार्दपूर्ण समुदाय द्वारा प्रतिस्थापित करने की कल्पना की जाती है—

और ऐसा समुदाय तभी बन सकता है जब लोग स्वतन्त्र उल्लासपूर्ण भावना से प्रेरित होकर साथ रहना चाहते हों। लेकिन वस्तुस्थिति ऐसी नहीं है। सच्चा समुदाय लोगों की एक-दूसरे के प्रति भावनाओं के कारण अस्तित्व में नहीं आता (यद्यपि उसकी ज़रूरत भी होती है) बल्कि उसके दो कारण होते हैं : उन सबको किसी एक जीवन्त केन्द्र के साथ एक जीवन्त, पारस्परिक सम्बन्ध में होना होता है, तथा साथ ही उन्हें एक-दूसरे के साथ भी एक जीवन्त, पारस्परिक सम्बन्ध में होना होता है। द्वितीय का स्रोत प्रथम में है लेकिन वह प्रथम के साथ तत्काल उपलब्ध नहीं है। एक जीवन्त पारस्परिक सम्बन्ध में भावनाएँ होती हैं लेकिन वह उनका परिणाम नहीं होता। एक समुदाय जीवन्त पारस्परिक सम्बन्ध पर निर्मित होता है लेकिन निर्माता एक जीवन्त सक्रिय केन्द्र होता है।

कथित निजी जीवन के संस्थान भी किसी स्वतन्त्र भावना से नहीं सुधारे जा सकते (यद्यपि उसकी भी ज़रूरत होती है)। विवाह कभी भी उस चीज़ के बिना पुनर्नवीन नहीं किया जा सकता जो सदैव सच्चे विवाह का स्रोत होती है : दो मानव-प्राणियों का एक-दूसरे के लिए *तुम* का प्रकटन। इस प्रकार दोनों में से किसी के भी लिए *मैं* नहीं होने वाला *तुम* विवाह की रचना करता है। यही प्रेम का वह पराभौतिक और परामानसिक तथ्य है, जिसके साथ प्रेम-भावनाएँ केवल संगत कर पाती हैं। जो कोई विवाह का पुनर्नवीनीकरण किसी और आधार पर करना चाहता है, वह सारतः उनसे भिन्न नहीं है जो उसे समाप्त करना चाहते हैं। हमारे युग की बहुचर्चित रत्यात्मकता को लें और उसमें उस हर चीज़ को अलग कर दें जो अहं केन्द्रित है—दूसरे शब्दों में, वह प्रत्येक सम्बन्ध जिसमें कोई अन्य के लिए उपस्थित नहीं है, बल्कि प्रत्येक दूसरे को केवल अपने मज़े के लिए इस्तेमाल करता है—तो क्या बच रहेगा?

सच्चा सार्वजनिक और सच्चा निजी जीवन साहचर्य के दो प्रकार हैं। उनकी उत्पत्ति और निरन्तरता के लिए एक परिवर्तनशील अन्तर्वस्तु के रूप में भावनाओं की तथा एक स्थिर रूपाकार के रूप में संस्थानों की आवश्यकता होती है; लेकिन इन दोनों का सम्मिलन भी मानव-जीवन की रचना नहीं कर सकता, जो एक तीसरे तत्त्व से ही रचा जाता है : *तुम* की केन्द्रीय उपस्थिति, या अधिक सच्चाई से कहें तो केन्द्रीय *तुम,* जिसे वर्तमान में ग्रहण किया जाता है।

•

मूल शब्द *मैं-वह* किसी अशुभ से नहीं आता—उससे अधिक नहीं जितना पदार्थ अशुभ से आता है। वह अशुभ से आता है—पदार्थ की तरह जिसे प्राणवान् माना जाता है। जब मनुष्य उसे अपने पर छोड़ देता है तो अनवरत बढ़ता जाता *वह-विश्व* उस पर झाड़-झंखाड़ की तरह छा जाता है और उसका अपना *मैं* अपनी वास्तविकता को खोता जाता है, जब तक उसके ऊपर दुःस्वप्न तथा उसके अन्दर की मृगमरीचिका अपनी मुक्ति के लिए परस्पर फुसफुसाती आत्म-स्वीकृति नहीं करते।

•

लेकिन क्या आधुनिक मनुष्य का सामुदायिक जीवन *वह-विश्व* में निःमग्न हो जाने को बाध्य नहीं है? इस जीवन के दो कक्षों को लें, आर्थिकी और राज्य : सभी प्रकार की 'तात्कालिकता' के उच्च त्याग के आधार के सिवा क्या वे अपने वर्तमान आयामों और प्रशाखाओं में कहीं विचारणीय भी हैं—और किसी भी 'विदेशी' सत्ता का अनमनीय दृढ़ अस्वीकार भी, जिसका अपना स्रोत भी इसी क्षेत्र में न हो? और यदि अनुभव और उपयोग करने वाला *मैं* यहाँ आर्थिकी में भी प्रभावी है, *मैं* जो राजनीति में वस्तुओं और सेवाओं का उपयोग करता है, *मैं* जो अभिमतों और आकांक्षाओं का उपयोग करता है—ठीक-ठीक क्या इस परम शासन के कारण ही इन दोनों क्षेत्रों में हमें महान 'वस्तुनिष्ठ' संस्थानों की विस्तृत और दृढ़ संरचना प्राप्त नहीं होती है? क्या अग्रणी राजनेताओं और व्यापारियों की संगठक महानता उन मानव-प्राणियों को देखने-समझने के तरीक़े पर निर्भर नहीं करती, जिनके साथ उन्हें किसी अनुभवातीत *तुम* की तरह नहीं बल्कि सेवाओं और आकांक्षाओं के केन्द्रों की तरह व्यवहार करना होता है जिन्हें वे उनकी विशिष्ट योग्यताओं के अनुसार आकलित और नियोजित कर सकें? क्या उनका संसार उन पर नहीं आ गिरेगा, यदि वे *वह* को पाने के लिए मानवीय *वह+वह+वह* को जोड़ना बन्द करके उसकी जगह *तुम+तुम+तुम* के योगफल को निर्धारित करने का प्रयास करें, जो *तुम* के सिवा और कुछ नहीं हो सकता? लेकिन एक संगठक प्रतिभा के बदले प्रहारक पल्लवग्राहिता तथा प्रांजल, प्रभावशाली बुद्धि के बदले एक अस्पष्ट उत्साह के सिवा इसका क्या नतीज़ा होगा? और जब हम नेतृत्व के बजाय अनुयायियों की ओर देखते हैं तथा आधुनिक

कृतियों और सम्पदा की रीति पर विचार करते हैं तो क्या नहीं पाते कि आधुनिक विकास ने जीवन के उस प्रत्येक संकेत को मिटा दिया है जिसमें मानव-प्राणी एक-दूसरे के सम्मुख हो सकें और एक सार्थक सम्बन्ध रख सकें? इस विकास को उलट देने का प्रयास बेतुका होगा; और यदि कोई इस बेतुकेपन को निष्पादित कर सके तो इस सभ्यता का विशाल यथार्थता-यन्त्र तत्काल नष्ट हो जायेगा—यद्यपि केवल इसी से मानवता की बढ़ी हुई विशाल संख्या के लिए जीवन सम्भव हो सकता है।

—वक्ता महोदय, आप बहुत देर से बोले। लेकिन एक क्षण पूर्व आप अपने कथन में विश्वास कर सकते थे; लेकिन अब यह सम्भव नहीं है। क्षणभर पूर्व आपने भी मेरी ही तरह देखा कि राज्य का नेतृत्व खो गया है : भट्ठी वालों ने कोयले के ढेर लगा लिए हैं : लेकिन नेतागण केवल तेज़ इंजनों पर शासन करते लग रहे हैं। इस क्षण, जब आप बोल रहे हैं, मेरी तरह आप भी सुन सकते हैं कि आर्थिकी की मशीनें किस तरह एक अवांछित तरीक़े से भिनभिनाना शुरू कर रही हैं, निरीक्षकों के चेहरे पर श्रेष्ठता की मुस्कुराहट है लेकिन उनके मन में मृत्यु छुपी हुई है। वे बताते हैं कि उन्होंने अपने उपकरणों को आधुनिक स्थितियों के अनुसार समायोजित कर लिया है; लेकिन देखा यह गया है कि अब वे केवल अपने को ही उपकरणों के अनुसार समायोजित कर सकते हैं—जितनी अनुमति ये उपकरण देते हैं। उनके प्रवक्ता सावधान करते हैं कि आर्थिकी राज्य की विरासत को सम्भाल रही हैं, हम जानते हैं कि विरासत में सम्भालने के लिए प्रचुरता की निरंकुशता के सिवा कुछ नहीं है। *वह* के अधीन *मैं*, अधिकाधिक शक्तिहीन होता हुआ, सम्पन्न देख रहा है कि अभी भी वही आला कमान है।

मनुष्य का सामुदायिक जीवन *वह-विश्व* को उतना ही त्याग सकता है, जितना वह स्वयं उसे त्याग सकता है—जिसके ऊपर *तुम* की उपस्थिति उसी तरह तैरती रहती है, जैसे पानी की सतह पर तेल। लाभ और सत्ता के लिए मनुष्य की आकांक्षा तभी तक वैध है जब तक वे मानवीय सम्बन्धों से जुड़ी और उनसे संचालित हों। कोई प्रेरणा बुरी नहीं है यदि वह हमें अपने सत्त्व से विलग नहीं करती; हमारे सत्त्व से प्रतिबद्ध और निर्धारित प्रेरणा सामुदायिक जीवन का जीव-द्रव्य है, जबकि विच्छेदित प्रेरणा उसे विघटित कर देती है। लाभ की आकांक्षा के सदन के रूप में

आर्थिकी और सत्ता की आकांक्षा के सदन के रूप में राज्य उसी सीमा तक जीवन में सहभागिता करते हैं, जिस सीमा तक वे आत्मा में सहभागिता करते हैं। यदि वे आत्मा को त्याग देते तो जीवन को त्याग देते हैं। निश्चय ही, जीवन हिसाब चुकता करने में कुछ समय लेता है और कुछ समय के लिए कोई आज भी सोच सकता है कि वह एक सक्रिय आधार को देख रहा है, जहाँ लम्बे समय तक केवल यन्त्रों की खड़खड़ाहट थी। इस बिन्दु पर किसी तात्कालिकता को प्रवेश कराना निश्चित रूप से व्यर्थ है। आर्थिकी या राज्य के ढाँचे को शिथिल कर देने से यह तथ्य नहीं बदल जाता कि दोनों में से कोई भी *तुम-सम्बोधक* भावना के वर्चस्व में नहीं है और परिधि को हिलाने-डुलाने से केन्द्र के साथ जीवन्त सम्बन्ध को प्रतिस्थापित नहीं किया जा सकता। सामुदायिक मानवीय जीवन की संरचनाएँ अपने सदस्यों में व्याप्त सम्बन्ध-शक्ति की पूर्णता से प्राण-वायु लेती हैं और वे अपना रूपाकार आत्मा द्वारा इस शक्ति की संतृप्ति से बरामद करती हैं। आत्मा की सेवा करने वाला राजनेता या व्यापारी पल्लवग्राही नहीं होता। वह भलीभाँति जानता है कि अपने कृत्यों को अनछुआ किये बिना वह उन लोगों से साक्षात् नहीं कर सकता, जिनके साथ उसे *तुम* के वाहकों की तरह व्यवहार करना है। तथापि वह ऐसा करने का साहस करता है, लेकिन वैसे ही नहीं, बल्कि आत्मा द्वारा सुझाई सीमा तक; और आत्मा सीमा सुझाती है, जिसके कारण जो साहस एक विच्छिन्न संरचना में विस्फोट कर सकता था, वह वहाँ सफल हो पाता है, जहाँ *तुम* की ऊपर तैरती उपस्थिति होती है। वह कोई बड़बड़िया उत्साही नहीं हो जाता; वह सत्य की सेवा करता है, जो तर्केतर होते हुए भी यौक्तिकता को त्याग नहीं देता वरन् उसे अपनी गोद में बिठाये रखता है। सामुदायिक जीवन में वह जो कुछ भी करता है वह उस व्यक्ति द्वारा अपने निजी जीवन के कामों से भिन्न नहीं होता, जो जानता है कि वह *तुम* को शुद्ध रूप में नहीं पा सकता, लेकिन जो *वह* में उसका साक्षी होता है, प्रतिदिन अपनी सीमा को नये सिरे से परिभाषित करता हुआ—नयी सीमा का आविष्कार। कृतियाँ और सम्पदा स्वयमेव व्यक्त नहीं होतीं; शुरुआत आत्मा से ही करनी होती है। केवल आत्मा की उपस्थिति से ही सभी कार्यों में सार्थकता और आनन्द तथा सम्पदा के त्याग के लिए श्रद्धा और शक्ति—लबालब नहीं बल्कि उचित परिमाण में—प्रवाहित होते हैं और सारा कृतित्व और सम्पदा *वह-विश्व* से जुड़े रहने पर भी

उस बिन्दु तक रूपान्तरित हो सकते हैं जहाँ वे हमसे साक्षात् करते और *तुम* का प्रतिनिधित्व करते हैं। उनके पीछे कुछ नहीं होता; अत्यधिक गम्भीर आवश्यकता के समय—निश्चय ही केवल तभी—एक पूर्व असंदिग्ध *वह–परे* होता है।

जब तक दोनों अपरिवर्तित रहते हैं तब तक यह बात महत्त्वहीन है कि राज्य आर्थिकी का नियमन करता है या आर्थिकी राज्य को निर्देशित करती है। महत्त्वपूर्ण यह है कि राज्य के संस्थान अधिक स्वतन्त्र और आर्थिक संस्थान अधिक न्यायपूर्ण होते हैं अथवा नहीं, लेकिन यह महत्त्व यहाँ प्रस्तुत वास्तविक जीवन से सम्बन्धित सवाल के लिए नहीं है, क्योंकि वे स्वयमेव अधिक स्वतन्त्र और अधिक न्यायपूर्ण नहीं हो सकते। यहाँ निर्णायक बात यह है कि *तुम–सम्बोधक,* उत्तरदायी आत्मा जीवित और वास्तविक रहती है या नहीं; सामुदायिक मानवीय जीवन में जितना बची है क्या वह राज्य और आर्थिकी के अधीन है या स्वतन्त्रतापूर्वक सक्रिय है; वैयक्तिक मानवीय जीवन में जितना बची है, वह अपने को पुनः सामुदायिक जीवन में समाविष्ट करती है या नहीं। लेकिन यह सामुदायिक जीवन के स्वतन्त्र क्षेत्रों में विभाजन से, जिसमें 'आत्मा का जीवन' सम्मिलित है, निष्पादित नहीं किया जा सकता। इसका तात्पर्य इतना ही होगा कि *वह–विश्व* में निमग्न क्षेत्र इस निरंकुशता के सम्मुख हमेशा के लिए त्याग दिये जायेंगे और आत्मा सारी वास्तविकता खो देगी। आत्मा स्वतन्त्र रूप से स्वयं जीवन को प्रभावित नहीं कर सकती; वह इस संसार में ही ऐसा कर सकती है—अपनी उस शक्ति के साथ जो *वह–विश्व* में व्याप्त और उसको बदलती है। आत्मा सच में 'अपने साथ' तभी होती है, जब वह अपने आगे प्रस्तुत विश्व से साक्षात् करती, स्वयं को उसे दे देती, उसे मुक्ति देती है और विश्व के माध्यम से स्वयं को भी। लेकिन आत्मा का प्रतिनिधित्व करने वाली आध्यात्मिकता इन दिनों इतनी बिखरी हुई, शक्तिहीन, विकृत और अन्तर्विरोधपूर्ण है कि शायद वह ऐसा तब तक नहीं कर पायेगी जब तक वह पहले आत्मा के सार–तत्त्व तक नहीं लौट जाती : *तुम* कहने के योग्य नहीं हो जाती।

●

वह–विश्व पर कारणता का अबाध अधिकार है। हर घटना, जो ऐन्द्रिक और 'प्राकृतिक' स्तर पर बोधगम्य है अथवा मनन तथा 'मनोविश्लेषण'

के फलस्वरूप प्राप्त या अन्वेषित हुई है, अनिवार्यत: कारण या कारणोत्पन्न समझी जाती है। उद्देश्यमूलक घटनाएँ भी इसका अपवाद नहीं होतीं क्योंकि वे भी *वह-विश्व* के सातत्य से सम्बन्धित होती हैं : इस सातत्य में भी एक उद्देश्यमूलकता होती है, लेकिन एक विपर्यय की तरह जो उसके पूर्ण नैरन्तर्य को घटाये बिना कारणता के एक अंश में सक्रिय होती है।

वह-विश्व में कारणता का अबाध अधिकार, जो प्रकृति के वैज्ञानिक व्यवस्थापन के लिए बुनियादी महत्त्व रखता है, उस मनुष्य द्वारा असह्य नहीं महसूस किया जाता जो *वह-विश्व* का क़ैदी नहीं बल्कि बार-बार उससे बाहर सम्बन्धों के संसार में आता रहता है। यहाँ *मैं* और *तुम* एक पारस्परिकता में स्वतन्त्रतापूर्वक साक्षात् करते हैं, जो किसी कारणता में सम्मिलित अथवा उससे दूषित नहीं होती; यहाँ मनुष्य अपनी इयत्ता और इयत्ता होने की प्रतिश्रुत स्वतन्त्रता पाता है। केवल वे, जो सम्बन्ध को जानते हैं और वे जो *तुम* की उपस्थिति को जानते हैं, निर्णय की योग्यता रखते हैं। जो भी निर्णय करता है वह स्वतन्त्र है क्योंकि वह एक चेहरे के सम्मुख खड़ा है।

एषणा के मेरे सारे सामर्थ्य की प्रचण्ड प्रकृति का दुर्दमनीय आवेग, मेरे लिए सम्भव सब कुछ का आदिम आवर्तन, अन्तर्ग्रथित और प्रतीयमानत: अविच्छेद्य, हर ओर रोशन सम्भावनाओं की मोहक झलकियाँ, यह ब्रह्माण्ड एक प्रलोभन, और मैं, आसन्न उत्पन्न, दोनों हाथ आग में, उसमें गहरे जहाँ मेरी इच्छा करने वाला रहस्य है, मेरे कृत्य अधिकृत हैं : अब! और तत्काल अतल गह्वर का जोख़िम शान्त, अपने दावों की बहुरंगी समानता का खेल करती केन्द्रहीन विविधता का लोप; केवल दो ही एक-दूसरे के पास हैं, एक और अन्य, भ्रान्ति और नियति। लेकिन अब वास्तविकीकरण मुझमें शुरू होता है। निर्णय कर लेने का तात्पर्य यह नहीं है कि एक तो निष्पन्न हो गया जबकि दूसरा वहीं पड़ा रहे, अपने निष्प्रभ कूड़े-करकट से मेरी आत्मा की तह-दर-तह भराई करता रहे। केवल वही निर्णय लेता है जो दूसरे की सारी शक्ति पहले के कामों में उड़ेलता है, जो अचयनित के अनबुझे आवेग को चयनित के वास्तविकीकरण में आत्मसात् कर लेता है, केवल वह जो 'बुरे आवेग के साथ ईश्वर की सेवा' करता है— और निर्णय जो कुछ होता है उसे तय करता है। जब कोई यह समझ लेता है तो वह यह भी जान जाता है कि स्पष्टत: इसी को सम्यक् कहा जा

सकता है : जो सही गन्तव्य है, जिसकी ओर किसी मनुष्य को अग्रसर होना है, जिसे उसने तय किया है; और यदि कोई शैतान है भी तो वह नहीं जो ईश्वर के ख़िलाफ़ तय करता है, बल्कि वह जिसने पूरे अनन्तकाल में तय नहीं किया।

जिस मनुष्य की स्वतन्त्रता सुरक्षित है, वह कभी कारणता से उत्पीड़ित महसूस नहीं करता। वह जानता है कि उसका नैतिक जीवन अपनी प्रकृति में ही *तुम* और *वह* के बीच एक दोलन है, और उसे इसके अर्थ का बोध होता है। उसके लिए इतना पर्याप्त है कि वह उस अभयारण्य की दहलीज़ पर बार-बार आ सकता है, जिसमें वह कभी ठहर नहीं सकता। निश्चय ही उसे बार-बार छोड़ना उसके लिए इस जीवन की अर्थवत्ता और नियति का एक अन्तरंग हिस्सा है। वहाँ दहलीज़ पर, प्रत्युत्तर, आत्मा उसमें बार-बार प्रदीप्त होती है; यहाँ इस अपावन और अकिंचन भूमि पर स्फुलिंग को अपने को सिद्ध करना होता है। यहाँ जो अनिवार्य है, उससे डरा नहीं जा सकता; क्योंकि यहीं वह वास्तविक अनिवार्यता को पहचानता है : नियति।

नियति और स्वतन्त्रता एक-दूसरे से प्रतिश्रुत हैं। नियति से वही साक्षात् कर पाता है, जिसने स्वतन्त्रता को वास्तविक बना लिया है। *मैं* ने वह कार्य खोज लिया जो मुझे निर्दिष्ट करता है कि मेरी स्वतन्त्रता की यह क्रियाशीलता ही मेरे सम्मुख रहस्य को उद्‌घाटित करेगी। लेकिन यह कि मैं उसे अपने इच्छा के अनुसार सम्पादित नहीं कर सकता, यह प्रतिरोध भी मेरे सम्मुख रहस्य का उद्‌घाटन करता है। गहरे में तय करते हुए जो कारणोत्पन्न इयत्ताओं को भूल जाता है, जो अपनी सारी सम्पदा और आवरण को अलग रखकर साक्षात् के सम्मुख अनावृत्त प्रस्तुत होता है—यह स्वतन्त्र मनुष्य ही नियति से अपनी स्वतन्त्रता के प्रतिरूप की तरह साक्षात् करता है। यह उसकी सीमा नहीं, उसकी पूर्णता है; नियति और स्वतन्त्रता परस्पर जुड़कर अर्थवत्ता की रचना करते हैं; और अर्थ मिल जाने पर नियति की अभी तक पृथक् आँखें अचानक प्रकाशमय हो जाती और वह (नियति) स्वयं कृपा लगने लगती है।

नहीं, जो मनुष्य उस स्फुलिंग के साथ *वह-विश्व* में लौटता है, वह कारणात्मक अनिवार्यता से उत्पीड़ित नहीं होता। स्वस्थ युगों में आत्मावान् लोगों से सभी लोगों में विश्वास प्रवाहित होता है; उन सबमें, सर्वाधिक

मन्द के लिए भी साक्षात्, उपस्थिति किसी-न-किसी तरह घटित हुई है—चाहे प्रकृति, मनोवेग और झिलमिल के आयाम में सही; उन सबने कहीं *तुम* को महसूस किया है; और अब आत्मा उनके लिए इस प्रतिश्रुति की व्याख्या करती है।

लेकिन बीमार युगों में यह होता है कि *तुम-विश्व* की जीवन्त धाराओं से अब सिंचित और उर्वरित हुए बिना पृथक् और जड़ *वह-विश्व* एक विशाल दलदली भ्रम बन जाता और मनुष्य को पराजित कर देता है। जब वह वस्तुओं के उस जगत् से अपना अनुकूलन करता है, जो उसके लिए उपस्थिति नहीं पा सकती, तो वह उसके वशीभूत हो जाता है। तब सामान्य कारणता एक उत्पीड़क और दमनकारी दुर्भाग्य का रूप ले लेती है।

प्रत्येक महान् संस्कृति, जो एकाधिक जातियों को अपने में समाविष्ट करती है, किसी मूल साक्षात् पर आधारित होती है; स्रोत पर ऐसी घटना जब आत्मा के एक सारभूत कृत्य के रूप में *तुम* को एक प्रत्युत्तर दिया गया। उसी दिशा को निर्दिष्ट करने वाली आगामी पीढ़ियों की शक्ति द्वारा उसका पुनर्बलीकरण आत्मा में ब्रह्माण्ड की एक विशिष्ट अवधारणा रच देता है; केवल इस प्रकार एक मानवीय ब्रह्माण्ड का बार-बार सम्भवन होता है; केवल इस प्रकार मनुष्य दिक् की विशिष्ट अवधारणा में और विश्वस्त आत्मा से उपासना-गृहों और मानवीय घरों का बार-बार निर्माण कर सकता है—और नये स्तोत्रों और गीतों से समय को गुंजित कर सकता तथा स्वयं मानव-समुदाय को एक रूप दे सकता है। लेकिन वह तभी तक स्वतन्त्र और इस प्रकार सृजनशील रह पाता है जब तक वह इस सारभूत धर्म को अपने जीवन की सम्पदा बनाये रखता है—सक्रिय और विकल—जब तक वह स्वयं सम्बन्ध में प्रविष्ट होता है। जब कोई संस्कृति एक जीवन्त और निरन्तर पुनर्नवीनीकृत सम्बन्ध-प्रक्रिया में केन्द्रित नहीं रह पाती तो वह *वह-विश्व* में जड़ीभूत हो जाती है; जो बीच-बीच में एकाकी आत्माओं के विस्फोटक दीप्तिमय कामों से टूटता रहता है। इस बिन्दु से आगे सामान्य कारणता, जो अभी तक ब्रह्माण्ड की आध्यात्मिक अवधारणा को विचलित नहीं कर सकी थी, एक उत्पीड़नकारी और दमनकारी दुर्भाग्य के रूप में प्रकट होने लगती है। बुद्धिमान और प्रभावशाली नियति, जो अब तक ब्रह्माण्ड में अर्थ की प्रचुरता से सुर मिलाते हुए सारी कारणता पर प्रभावी थी, एक नारकीय अनर्गलता में रूपान्तरित

होकर कारणता में ढह जाती है। वह कर्म जो पूर्व पीढ़ियों के लिए एक कल्याणकारी विधान था—क्योंकि इस जीवन में हमारे कर्म भावी जीवन में हमें उच्चतर लोक में ले जाते हैं—अब एक क्रूरता लगता है क्योंकि हमारे पूर्व जन्म के कर्मों ने, जिनसे हम अनभिज्ञ हैं, हमें एक कालकोठरी में क़ैद कर दिया है, जिससे हम इस जीवन में छुटकारा नहीं पा सकते। जहाँ एक दिव्य सार्थक विधान अनिवार्यता की धुरी के साथ एक उज्ज्वल मेहराब बना रहा था, वहाँ अब ग्रहों की अर्थहीन, क्रूर शक्ति प्रभावी है। यह केवल एक पुल पर जाने का मामला होता था, एक स्वर्गीय मार्ग जो हमारे लिए भी था और कोई भी नियति की समग्र मर्यादा में मुक्त मन के साथ रह सकता था। अब जो कुछ भी हम करते हैं, प्रारब्ध की अनिवार्यता में, तो उसमें अपने को आत्मा के अजनबी महसूस करते हैं, जिसकी गर्दन विश्व के मृत द्रव्य के सारे बोझ से झुकी जा रही है। छुटकारे की लालसा उछलकर झपटती है लेकिन, सभी तरह के प्रयोगों के बावजूद तब तक अतृप्त ही रहती है, जब तक वह, अन्ततः किसी ऐसे व्यक्ति द्वारा शमित नहीं कर दी जाती जो मानवों को पुनर्जन्म के चक्र से मुक्त होना सिखाता है, या वह जो शक्तियों की दासता में बँधी आत्माओं को ईश्वर के बच्चों की स्वतन्त्रता में बचा लेती है। ऐसी उपलब्धियाँ एक नये साक्षात् से मिलती है जो प्रामाणिक होता है, अपने *तुम* के प्रति एक मनुष्य का प्रत्युत्तर, एक घटना जो भाग्य को निर्धारित करती है। ऐसे केन्द्रीय सारभूत कर्म के परिणामों में एक संस्कृति का स्थान ऐसी दूसरी संस्कृति द्वारा ले लिया जाना भी शामिल है जो इस प्रकाश-किरण के प्रति समर्पित होती है; लेकिन यह भी सम्भव है कि इस प्रकार किसी संस्कृति का पुनर्नवीनीकरण हो जाये।

हमारे युग का रोग अन्य युगों के रोगों से भिन्न है और फिर भी सभी के रोगों से सम्बन्ध रखता है। संस्कृतियों का इतिहास कोई युगों का खेल-मैदान नहीं है, जिसमें एक के बाद दूसरे प्रत्येक धावक को सहर्ष और अनजाने मृत्यु के उसी वृत्त का चक्कर लगाना ही हो। उनके उत्थानों और पतनों के बीच से एक अनाम पथ गुज़रता है। वह उन्नति और विकास का पथ नहीं है। वह आध्यात्मिक अधोलोक की सर्पिल ढलान है, लेकिन उसे ऐसे अत्यन्त आन्तरिक, अति सूक्ष्म, अत्यधिक जटिल घुमाव की ओर आरोहण भी कहा जा सकता है, जिसके 'परे' और 'पीछे' अनसुनी

वापसी के सिवा कुछ नहीं है—आविष्कार।

इस युग की जीववैज्ञानिक और ऐतिहासिक-दार्शनिक अवस्थितियों ने, जिनका अपनी भिन्नताओं पर बहुत आग्रह है, मिलकर नियति में एक आस्था को निर्मित किया है, जो किसी भी अन्य आस्था से अधिक निष्ठुर और चिन्ताजनक है। अब कर्म की शक्ति अथवा ग्रहों की शक्ति मनुष्य के भाग्य को अपरिहार्य रूप से शासित नहीं करती; इस क्षेत्र पर बहुत-सी विभिन्न शक्तियाँ दावा करती हैं, लेकिन गहन परीक्षण के बाद लगता है कि हमारे समकालीन शक्तियों के सम्मिश्रण में विश्वास करते हैं, जैसे रोमन लोग देवताओं के सम्मिश्रण में विश्वास करने लगे थे। इन दावों की प्रकृति ऐसी आस्था की मदद करती है। चाहे वह 'जीवन का नियम' हो—एक सार्वभौमिक संघर्ष जिसमें प्रत्येक व्यक्ति को संघर्ष में जुड़ना या उसे त्यागना होता है—या 'मनोवैज्ञानिक नियम' जिसके अनुसार अन्तर्जात प्रेरणाएँ समूची मानव आत्मा का संघटन करती हैं; अथवा सामाजिक प्रक्रिया का अवश्यम्भावी 'सामाजिक नियम' जिसमें इच्छा और चेतना का भी साथ रहता है; या ऐतिहासिक रूपों का अटल एक रूप उत्पत्ति और पतन का 'सांस्कृतिक नियम'; अथवा जो भी अन्य रूप भेद हो; सदैव मूल बात यह है कि मनुष्य एक ऐसी अपरिहार्य प्रक्रिया में जोत दिया गया है, जिसका वह प्रतिरोध नहीं कर सकता, यद्यपि उसे कोशिश करने के लिए काफ़ी बहकाया ज़रूर जाता है। ग्रहों की बाध्यता से मुक्ति का प्रस्ताव प्राचीन रहस्यानुष्ठानों द्वारा किया गया; कर्म की बाध्यता से मुक्ति के लिए अन्तर्दृष्टि के साथ ब्राह्मण यज्ञ। दोनों मुक्ति की तैयारियाँ थे। लेकिन सम्मिश्रण-मूर्ति मुक्ति में आस्था को सहन नहीं करती। स्वतन्त्रता की कामना को मूर्खता समझा जाता है; किसी के पास कृत-संकल्प और निराशाजनक विद्रोही दासता के बीच चुनाव के सिवा कोई रास्ता नहीं है। यद्यपि ये सभी नियम बहुधा प्रयोजनमूलक विकास और सुघटित उद्विकास की दीर्घ बहसों से जुड़े रहे हैं, वे सभी किसी पतन के सम्मोह पर आधारित हैं, जिसमें असीम कारणता कुण्डलित है। क्रमशः पतन का मतवाद प्रचुर होते जाते *वह-विश्व* के सम्मुख मनुष्य के पदत्याग का प्रतिनिधित्व करता है। यहाँ नियति का नाम लेना ग़लत है : नियति कोई घण्टा नहीं है जिसे मनुष्य पर जकड़ दिया गया हो; स्वतन्त्रता से शुरू करने वालों के सिवा कोई उसका सामना नहीं करता।

लेकिन पतन का मतवाद स्वतन्त्रता या उसके उस अत्यधिक वास्तविक प्राकट्य के लिए कोई जगह नहीं छोड़ता, जिसका प्रशान्त सामर्थ्य पृथ्वी के चेहरे को बदल देता है : वापसी। मतवाद को उस मानव-प्राणी की जानकारी नहीं है, जो वापसी के द्वारा सार्वभौमिक संघर्ष पर विजय हासिल करता है; जो वापसी द्वारा प्रेरणाओं के जाल को फाड़ डालता है; जो वापसी द्वारा अपने वर्ग के प्रभाव के परे उठ जाता है; जो वापसी द्वारा सुरक्षित ऐतिहासिक रूपों को हिला डालता, पुनर्नवा करता और बदल देता है। पतन का मतवाद अपने खेल में आपको केवल एक विकल्प देता है : नियमों को मानो या छँट जाओ। लेकिन जो लौटता है वह खेल में लगे लोगों को खटखटाता है। मतवाद अधिक-से-अधिक तुम्हें अपने जीवन की शर्तों को निभाने और अपनी आत्मा में 'स्वतन्त्र रहने' की अनुमति दे सकता है। लेकिन जो लौटता है वह इस स्वतन्त्रता को अत्यन्त घृणित दासता समझता है।

नियति में विश्वास के सिवा कोई मनुष्य को क्षरित नहीं कर सकता, क्योंकि वह वापसी के क्षण को घटित नहीं होने देता।

नियति में विश्वास शुरू ही से एक भ्रान्ति है। पतन की योजना केवल उसे व्यवस्थित करने के लिए उचित है जो *शून्य-किन्तु-वस्तु* है, एक विच्छिन्न विश्व-घटना, इतिहास के रूप में वस्तुत्व। इस अधिगम में, जो आत्मा की वास्तविकता से अपरिचित है, साहचर्य से जनित *तुम* की उपस्थिति को नहीं पाया जा सकता; यह योजना आत्मा के लिए संगत नहीं है। वस्तुत्व पर आधारित शकुन-विद्या केवल उनके लिए है जो उपस्थिति को नहीं जानते। *वह-विश्व* द्वारा अभिभूत के लिए अपरिहार्य पतन का मतवाद एक सत्य है, जो जंगल में एक रास्ता बनाता है। सच तो यह है कि यह मतवाद उसे *वह-विश्व* की दासता में और गहरे ले जाता है। लेकिन *तुम* के विश्व का द्वार बन्द नहीं है। जो कोई अपने सत्त्व पर एकाग्र सम्बन्ध की अपनी पुनर्जीवित शक्ति के साथ उस ओर अग्रसर होता है, अपनी स्वतन्त्रता को धारण करता है। अस्वातन्त्र्य में विश्वास से स्वतन्त्र होना स्वतन्त्रता को पाना है।

●

किसी भी दुःस्वप्न पर विजय उसे सीधे उसके नाम से सम्बोधित करके

ही पायी जा सकती है। इसी प्रकार, अपनी भयानक शक्ति से मनुष्य के अल्प सामर्थ्य को बौना कर देने वाला *वह-विश्व* भी उसके सामने समर्पण कर देता है जो उसकी यथार्थ प्रकृति को पहचान जाता है : उसके विशेषीकरण और हस्तान्तरण से जिसकी प्रचुरता से निकट ही उमड़ता हुआ प्रत्येक पार्थिव *तुम* हमारे सम्मुख आता है—जो कभी-कभी हमें मातृदेवी की तरह महान् और भयानक लेकिन सदैव मातृवत्।

—लेकिन हम कैसे दुःस्वप्न को उसके सही नाम से सम्बोधित करने का सामर्थ्य जुटा सकते हैं, जब तक एक प्रेत हमारे अन्दर छिपा रहता है—वह *मैं* जिसे उसकी वास्तविकता से वंचित कर दिया गया है, कैसे सम्बन्ध करने की गड़ी हुई शक्ति को उस प्राणी में पुनर्जीवित किया जा सकता है, जिसमें हर समय एक हट्टा-कट्टा प्रेत मलबा कूटता रहता है, जिसके नीचे वह शक्ति दबी है? कैसे कोई अपने आपे में आ सकता है, जब उसके विच्छिन्न *मैं-त्व* का उन्माद एक खोखले वृत्त के चारों ओर निरन्तर उसका पीछा करता रहता है? कैसे कोई अपनी स्वतन्त्रता को धारण कर सकता है यदि उसका निवास सनक है?

—जिस प्रकार स्वतन्त्रता और नियति परस्पर सम्बद्ध हैं, उसी प्रकार सनक और दुर्भाग्य हैं। लेकिन स्वतन्त्रता और नियति एक-दूसरे के प्रति वचनबद्ध हैं और परस्पर मिलकर अर्थ को संघटित करते हैं, जबकि सनक और दुर्भाग्य, आत्मा का प्रेत और विश्व का दुःस्वप्न पड़ोस में रहकर एक-दूसरे को टालते हुए, किसी सम्पर्क या मनमुटाव के बिना, अर्थहीनता में साथ रहते हैं—जब तक किसी क्षण आँख से आँख न मिल जाये, उन्मत्त और तब दोनों ओर से यह आत्म-स्वीकृति फूट पड़े कि वे अनुद्धारित हैं। इस घटना को रोकने या कम-से-कम छुपाने के लिए कितनी बौद्धिक वक्तृता और कारीगरी काम में ली जाती है?

वह मनुष्य स्वतन्त्र है जो सनकरहित संकल्प करता है। वह वास्तविक में विश्वास करता है, अर्थात् वह वास्तविक द्वित्व, *मैं* और *तुम* के वास्तविक साहचर्य में विश्वास करता है। वह नियति में विश्वास करता है और इसमें भी कि उसे भी उसकी ज़रूरत है। वह उसका मार्गदर्शन नहीं, उसकी प्रतीक्षा करती है। उसे उसकी ओर अग्रसर होना चाहिए—बिना जाने कि वह उसकी प्रतीक्षा कहाँ कर रही है। उसे अपने पूरे सत्त्व के साथ आगे आना चाहिए : कि वह जानता है। उसके मन्तव्य के अनुरूप

घटित नहीं भी कुछ होगा, लेकिन जिसे आने की आकांक्षा है, वह तभी आयेगा जब वह ऐसा करने का निश्चय करता है जिसका वह संकल्प कर सकता है। उसे अपनी लघु कामना को, जो स्वतन्त्र नहीं है और वस्तुओं और अभिलाषाओं से शासित है, अपने उस महान् संकल्प के लिए त्यागना होगा जो किसी भी निर्धारण से दूर उसे अपनी नियति की उपलब्धि कराये। अब वह हस्तक्षेप नहीं करता, न चीज़ों को केवल घटित होने की अनुमति देता है। वह विश्व में इयत्ता के रास्ते की ओर ले जाने वाले संकेतों को सुनता है, उनके द्वारा घसीटे जाने के लिए नहीं बल्कि उन्हें उसके इस तरह वास्तविकीकरण के लिए, जिसमें उसके अनिवार्य माध्यम से वास्तविक होना उसका मन्तव्य है—मानवीय आत्मा और मानवीय कर्म के साथ, मानव-जीवन और मानव-मृत्यु के साथ। वह विश्वास करता है, मैंने कहा, पर उसका निहितार्थ है : वह साक्षात् करता है।

सनकी मनुष्य विश्वास और साक्षात् नहीं करता। वह साहचर्य से परिचित नहीं होता; वह केवल उत्तप्त बाहरी विश्व और उसका इस्तेमाल करने की अपनी उत्तप्त कामना को जानता है। हमें केवल एक प्राचीन, शास्त्रीय नाम इस्तेमाल होने के लिए देना है, और उसे देवताओं में शामिल कर लिया जाता है। वह *तुम* कहता है, उसका मतलब होता है : *तुम*, इस्तेमाल करने का मेरा सामर्थ्य! और जिसे वह अपनी नियति कहता है वह इस्तेमाल करने के उसके सामर्थ्य का अतिरंजन और अनुमति होती है। वस्तुतः, उसकी कोई नियति नहीं है; वह केवल वस्तुओं और कामनाओं से निर्धारित है और अपने को निरंकुश महसूस करता और सनकी होता है। उसका कोई महान् संकल्प नहीं होता और उसकी जगह वह सनक को रख लेता है। त्याग की वह चाहे कितनी भी बातें कर ले पर उसमें उसका सामर्थ्य नहीं होता और इस बात को इस पर ध्यान देने से पहचाना जा सकता है कि वह कभी भी इस ओर कुछ ठोस नहीं करता। वह लगातार हस्तक्षेप तो करता है पर केवल 'ऐसा होने देने के लिए'। कैसे, वह कहता है, कोई नियति का साथ देने में विफल हो सकता है? कैसे कोई इस लक्ष्य को पाने के लिए सारे सम्भव साधन नहीं लगायेगा? वह स्वतन्त्र लोगों को भी इसी तरह देखता है; वह उन्हें भिन्न तरीक़े से देख ही नहीं सकता। लेकिन स्वतन्त्र व्यक्ति का लक्ष्य यहाँ नहीं है और वह

साधन भी वहाँ से नहीं लेता; उसके पास केवल एक चीज़ है : हमेशा केवल उसका अपनी नियति की ओर बढ़ने का दृढ़ संकल्प। इस संकल्प के बाद वह मार्ग के हर दुराहे पर अपने संकल्प को पुनर्नवा करता है; यह विश्वास करने के बजाय कि उसका महान् संकल्प अपर्याप्त है और उसे साधनों के समर्थन की ज़रूरत है, वह यह विश्वास करेगा कि वह वास्तव में जीवित ही नहीं है। वह विश्वास करता है; वह साक्षात् करता है। लेकिन सनकी मनुष्य की अविश्वासी मज्जा अविश्वास और सनक के सिवा कुछ नहीं देख पाती—लक्ष्य तय करते रहने और साधन जुटाते रहने के सिवा। उसका विश्व त्याग और कृपा, साक्षात् और उपस्थिति से वंचित है, लेकिन लक्ष्यों और साधनों से ज़ख़्मी : वह कुछ और नहीं हो सकता और उसका नाम दुर्भाग्य है। अपनी निरंकुश प्रवृत्ति के कारण वह असत्य में विकट फँसा होता है; और जब भी वह अपनी स्थिति को स्मरण करता है तो इसके प्रति सजग हो पाता है। इसलिए वह अपनी बुद्धि का सारा इस्तेमाल इस स्मरण को न होने देने या कम-से-कम उसे धूमिल करने के लिए करता है।

लेकिन यदि इस पतन को, अवास्तविकीकरण और वास्तविक *मैं* के स्मरण को उन जड़ों तक पहुँचने दिया जाये जिन्हें मनुष्य नैराश्य कहता है और जहाँ से विनाश और पुनर्जन्म उपजते हैं तो यह वापसी की शुरुआत होगी।

●

शतपथ ब्राह्मण बताता है कि देवता और दैत्य एक बार एक संघर्ष में उलझे थे। तब दैत्यों ने कहा : "हम किसे हवि दें?" उन्होंने सारी हवि अपने मुँहों में रख लीं। देवताओं ने हवि एक-दूसरे के मुँह में डाली। तब प्रजापति, आद्य आत्मा ने अपने को देवताओं को अर्पित कर दिया।

●

—यह तो कोई समझ सकता है कि अपने पर छोड़ दिये जाने पर, किसी *तुम* द्वारा असम्पर्कित तथा अद्रवित *वह-विश्व* कैसे अजनबी हो जाता और एक दुःस्वप्न में बदल जाता है; लेकिन यह कैसे होता है, जैसा कहा गया है कि मनुष्य का *मैं* भी अवास्तव हो जाता है? वह चाहे किसी सम्बन्ध में रहे या उसके बाहर, *मैं* अपनी आत्मचेतना में अपने प्रति

आश्वस्त रहता है, जो एक स्वर्ण-सूत्र है जिसमें परिवर्तनशील अवस्थाएँ पिरोयी रहती हैं। यदि मैं कहता हूँ, "*मैं* तुम्हें देखता हूँ" या "*मैं* पेड़ को देखता हूँ" तो देखना दोनों मामलों में चाहे समान रूप से वास्तविक न हो, लेकिन *मैं* तो समान ही रहता है।

—हम अपने पर इसका परीक्षण करें कि क्या वास्तव में ऐसा है। भाषिक रूप से कुछ सिद्ध नहीं होता। अन्ततः, बहुधा उच्चरित *तुम* का तात्पर्य *वह* होता है, जिसे कोई आदतन बिना विचारे ही *तुम* कह देता है। और कई बार उच्चरित *वह* का तात्पर्य *तुम* होता है, जिसकी उपस्थिति की स्मृति किसी को पूरे सत्त्व के साथ हो सकती है, चाहे वह कितना भी दूर हो। इसी तरह अगणित मौक़े होते हैं जब *मैं* केवल एक अपरिहार्य सर्वनाम होता है, "यहाँ कौन बोल रहा है" के लिए एक आवश्यक संक्षेपण। लेकिन आत्मचैतन्य? यदि किसी वाक्य का अभिप्रेत किसी सम्बन्ध का *तुम* है तथा दूसरे वाक्य का अभिप्रेत किसी अनुभव का *वह* और यदि दोनों वाक्यों में *मैं* वास्तव में इसी प्रकार अभिप्रेत है, तो क्या दोनों वाक्यों का उद्गम एक ही आत्मचेतना में होता है?

मूल शब्द *मैं-तुम* का *मैं* मूल शब्द *मैं-वह* के *मैं* से भिन्न होता है।

मूल शब्द *मैं-वह* का *मैं* एक अहं है, जो एक विषयी (अनुभव और उपयोग करने वाले) के रूप में अपने प्रति चेतन होता है।

मूल शब्द *मैं-तुम* का *मैं* एक व्यक्ति लगता है और एक विषयिता (किसी भी पराश्रित आनुवांशिकी के बिना)।

अहं अपने को दूसरे अहं से पृथक रखने में प्रकट होता है।

व्यक्ति अन्य व्यक्तियों से सम्बन्ध में प्रवेश से प्रकट होते हैं।

पहला प्राकृतिक भिन्नीकरण का आध्यात्मिक रूप है, जबकि दूसरा प्राकृतिक साहचर्य का आध्यात्मिक रूप।

अपने को पृथक रखने का प्रयोजन अनुभव और उपयोग करना है, और उसका प्रयोजन 'जीना' है—जिसका तात्पर्य है एक मनुष्य का जीवनभर मरना।

सम्बन्ध का प्रयोजन सम्बन्ध स्वयं है—*तुम* को छू पाना क्योंकि ज्योंही हम एक *तुम* को छूते हैं, अनन्त जीवन के एक झोंके द्वारा छू लिए जाते हैं।

जो कोई भी सम्बन्ध में होता है वह एक वास्तविकता में सहभागिता कर रहा होता है; अर्थात् एक सत्त्व में जो न तो केवल उसका अंश है और न केवल उसके बाहर। सारी वास्तविकता एक क्रियाशीलता है, जिसमें *मैं* उसका विनियोग करने के योग्य हुए बिना सहभागिता करता है। जहाँ सहभागिता नहीं है, वहाँ वास्तविकता भी नहीं है। जहाँ आत्म-विनियोग है, वहाँ वास्तविकता नहीं है। *तुम* को जितना प्रत्यक्ष स्पर्श किया जाता है, सहभागिता भी उतनी ही परिशुद्ध होती है।

मैं वास्तविकता में अपनी सहभागिता से वास्तविक होता है। सहभागिता जितनी अधिक परिशुद्ध है, *मैं* उतना ही वास्तविक हो जाता है।

लेकिन जो *मैं* सम्बन्ध की घटना से और उसके साथ आत्मचेतना से बाहर निर्लिप्तता में आ जाता है, वह अपनी वास्तविकता को खो नहीं देता। एक जीवन्त सम्भावना की तरह सहभागिता उसमें रहती है। यदि उन शब्दों का प्रयोग करें जो मूलत: उच्चतम सम्बन्ध को सूचित करते हैं, पर अन्य सम्बन्धों पर भी जिन्हें लागू किया जा सकता है, तो कहेंगे : बीज उसमें बना रहता है। यह विषयिता का इलाक़ा है जिसमें *मैं* को उसके साहचर्य और उसकी निर्लिप्तता का युगपत् बोध होता है। प्रामाणिक विषयिता को केवल गत्यात्मक रूप में ही समझा जा सकता है—अपने एकाकी सत्य में *मैं* के स्पन्दन के रूप में। यही वह स्थान है जहाँ अधिकाधिक और अधिक अप्रतिबन्धित सम्बन्ध तथा परिशुद्ध सहभागिता की भावना मनुष्य में उदय होती और निरन्तर बढ़ती रहती है। विषयिता में व्यक्ति का आध्यात्मिक सार परिपक्व होता है।

अस्तित्व में सहभागिता द्वारा व्यक्ति अस्तित्व-सहित और इस तरह अस्तित्व के रूप में आत्म-चेतन होता है। अहं इस रूप में और उस रूप में नहीं की तरह अपने प्रति चेतन होता है। व्यक्ति कहता है : "मैं हूँ"; अहं कहता है, "इस तरह मैं हूँ।" "अपने को जानो" का व्यक्ति के लिए अर्थ है : अपने को एक अस्तित्व के रूप में जानो। अहं के लिए इसका

अर्थ है : अपने अस्तित्व को उस तरह जानो। स्वयं को अन्य से अलग रखकर अहं अस्तित्व से दूर चला जाता है।

इसका तात्पर्य यह नहीं है कि व्यक्ति अपने 'अस्तित्व उस रूप में', या अपने भिन्न अस्तित्व होने का त्याग कर देता है, सिर्फ़ यही कि यह कोई निर्णायक परिप्रेक्ष्य नहीं होकर केवल अस्तित्व का एक आवश्यक और अर्थमय रूप है। दूसरी ओर, अहं अपने 'अस्तित्व उस रूप में' के उपभोग में डूब जाता है—बल्कि अधिकांशतः अपने उस रूप की कल्पना में—कल्पना, जो उसने अपने लिए बुनी होती है। तल पर उसके लिए आत्म-ज्ञान का सामान्यतः अर्थ है आत्म के एक प्रभावी प्रकरण की छलरचना जो उसे और अधिक धोखा देने का सामर्थ्य रखती है; और इसी छलरचना के ध्यान और पुण्य से वह अपने 'अस्तित्व उस रूप में' के ज्ञान का आभास पाने की कोशिश करता है, जबकि उसका वास्तविक ज्ञान उसे आत्मविनाश की ओर ले जायेगा—या पुनर्जन्म की ओर।

व्यक्ति अपने आत्म को धारण करता है; अहं अपने 'मेरे' में ख़ुद को बसा लेता है : मेरा तरीक़ा, मेरी नस्ल, मेरे काम, मेरी प्रतिभा।

अहं किसी वास्तविकता में सहभागिता नहीं करता और न कोई सहभागिता उसे मिलती है। वह अपने को अन्य सब चीज़ों से अलग रखता और अनुभव तथा उपयोग के द्वारा अधिकाधिक सम्पदा बनाता है। यही उसकी गत्यात्मकता है : अपने को अलग रखना और सम्पदा बनाना—और उसका लक्ष्य हमेशा *वह* होता है, जो वास्तविक नहीं है। वह अपने को एक कर्ता के रूप में जानता है, लेकिन यह कर्ता अपनी इच्छानुसार कितना भी विनियोग कर ले, उसे कुछ भी सारवान नहीं मिलता : वह एक ऐसी इकाई की तरह रहता है, क्रियाशील, जो अनुभव करता है, जो उपयोग करता है, और कुछ नहीं। उसका सारा विस्तृत और विविधतापूर्ण 'अस्तित्व उस रूप में', उसकी सारी व्यग्र 'व्यक्तिमत्ता' कुछ भी सारवान पाने में उसकी कोई मदद नहीं कर सकती।

मानव-प्राणी दो प्रकार के नहीं होते, लेकिन दो ध्रुव होते हैं।

कोई मानव-प्राणी परिशुद्ध व्यक्ति नहीं होता और कोई परिशुद्ध अहं भी नहीं, कोई पूर्णरूपेण वास्तविक नहीं, कोई भी वास्तविकता से बिल्कुल वंचित भी नहीं। प्रत्येक एक दोहरे *मैं* में रहता है। लेकिन कुछ मनुष्य

ऐसे व्यक्तोन्मुख होते हैं कि उन्हें व्यक्ति कहा जा सकता है, जबकि अन्य इतने अहंकारी कि उन्हें कोई अहं कह सकता है। इन और उन के बीच सच्चा इतिहास घटित होता है।

कोई जितना अधिक मानव-प्राणी होता है, मानवता उतनी ही अहं से शासित होती है—जितना अधिक *मैं* अवास्तविकता का शिकार होता है। ऐसे युगों में मानव-प्राणी और मानवता में अन्तर्हित व्यक्ति एक अन्तर्भौम, गुप्त अस्तित्व का, मानो वह कोई अवैध अस्तित्व हो, नेतृत्व करने आता है—जब तक उसका बुलावा नहीं आ जाता।

●

कोई मनुष्य कितना व्यक्ति है, यह इस पर निर्भर है कि मूल शब्द *मैं-तुम* का *मैं* अपने मानवीय द्वित्व के *मैं* में कितना मज़बूत है।

उसके *मैं* कहने का ढंग—जब वह *मैं* कहता है तो उसका तात्पर्य क्या है—यह तय करता है कि वह मनुष्य कहाँ से सम्बन्धित है और वह कहाँ जाता है। शब्द *मैं* मानवता का सच्चा संकेत शब्द है।

उसे सुनो!

अहं का *मैं* कितना कर्कश लगता है! जब वह आत्म-अन्तर्विरोध से कसे हुए होंठों से निकलता है, जिसे वे रोक रखने की कोशिश में होते हैं, तो वह हमें महान् खेद का विषय लगने लगता है। जब वह उन अस्त-व्यस्त होंठों से निकलता है जो जंगलीपन से, लापरवाही से, अजाने ही अन्तर्विरोध का प्रतिनिधित्व करते हैं तो वह हमें थरथरा देता है। जब होंठ चापलूस और खोखले होते हैं तो वह लज्जाजनक और घृणित लगता है।

जो लोग विच्छिन्न *मैं,* बड़े अक्षर में घुल गये *मैं,* का उच्चारण करते हैं, वे उस विश्व आत्मा की लज्जा को अनावृत्त करते हैं, जो केवल आध्यात्मिकता में भ्रष्ट हो गयी है।

लेकिन सुकरात का उज्ज्वल और सुस्पष्ट *मैं* कितना सुन्दर और न्यायसंगत लगता है! वह अनन्त वार्तालाप का *मैं* है, और वार्तालाप का समीर उसके हर ओर उपस्थित है—उसके निर्णायकों के सम्मुख भी, जेल के अन्तिम समय में भी। यह *मैं* मनुष्य के साथ उस सम्बन्ध में बसा था जो वार्तालाप में मूर्त है। उसको मनुष्यों की वास्तविकता में आस्था थी और वह उनकी

ओर जाता था। इस प्रकार वह वास्तविकता में उनके साथ था और कभी उससे विच्छिन्न नहीं है। एकान्त तक का अर्थ भी परित्याग नहीं हो सकता और जब मानवीय विश्व उसके लिए मौन हो जाता है, तब भी वह अपने सृजनात्मक क्षण में भी *तुम* उच्चारित होते हुए सुनता है।

गोएथे का पूर्ण *मैं* भी कितना सुन्दर और न्यायसंगत ध्वनति होता है! यह प्रकृति के साथ शुद्ध अन्तरंगता का *मैं* है। प्रकृति उसको समर्पित होती और अनवरत उससे बात करती है; वह अपने रहस्य उसके सम्मुख खोल देती और तब भी अपने रहस्य के साथ छल नहीं करती। वह उसमें विश्वास करता और गुलाब से कहता है, "तो ये *तुम* हो"—और तत्काल गुलाब के साथ उसी वास्तविकता का साझा करता है। इसलिए जब वह अपने में लौटता है तो वास्तविकता की आत्मा उसके साथ होती है; सूर्य का दृश्य उसकी धन्य आँखों का आलिंगन करता है, जो सूर्य के साथ अपनी समधर्मिता का स्मरण करती हैं और तत्त्वों की मित्रता मृत्यु और पुनर्जन्म की प्रशान्ति में मनुष्य का साथ देती है।

इस प्रकार साहचर्य के प्रतिनिधियों, सुकराती और गोएथियाई व्यक्तियों का "समुचित, सच्चा, और शुद्ध" *मैं-कथन* युगों तक गूँजता रहता है।

और यदि असीम सम्बन्ध के क्षेत्र से एक बिम्ब की प्रत्याशा और चयन करें : कितना प्रभावशाली, कितना अभिभूत कर देने वाला *मैं-कथन* ईसा का है और पथ के अन्तिम बिन्दु तक न्यायसंगत! यह असीम सम्बन्ध का *मैं* है, जिसमें मनुष्य अपने *तुम* को इस प्रकार 'पिता' कहता है कि वह स्वयं एक पुत्र के सिवा और कुछ नहीं रहता। जब भी वह *मैं* कहता है, तो उसका तात्पर्य पवित्र मूल शब्द का *मैं* होता है जो उसके लिए असीम हो गया है। यदि कभी निर्लिप्तता उसे छूती भी है तो वह साहचर्य द्वारा पराभूत कर दी जाती है और यहाँ से वह दूसरों को सम्बोधित करता है। इस *मैं* को ऐसी किसी चीज़ में घटा देने का प्रयत्न व्यर्थ है जो अपनी ताक़त अपने से प्राप्त करती है, और न इस *तुम* को ऐसी किसी चीज़ में सीमित किया जा सकता है जो हमारे अन्दर रहती है। दोनों फिर एक बार वास्तव को, वर्तमान सम्बन्ध को अवास्तविक कर देंगी। *मैं* और *तुम* कहते हैं; हर कोई *तुम* बोल सकता और इस प्रकार *मैं* हो सकता है; हर कोई 'पिता' बोल सकता और 'पुत्र' हो सकता है; वास्तविकता बनी रहती है।

•

—लेकिन यदि किसी मनुष्य के जीवन-लक्ष्य की माँग यही हो कि वह केवल अपने प्रयोजन से मतलब रखे, किसी *तुम* से कोई वास्तविक सम्बन्ध नहीं, किसी *तुम* के साथ कोई वर्तमान साक्षात् नहीं, ताकि उसके आसपास की हर वस्तु उसके लिए *वह* तथा उसके प्रयोजन की वशवर्ती रहे? नेपोलियन के *मैं-कथन* के बारे में क्या कहा जा सकता है? क्या वह न्यायसंगत नहीं था? क्या किसी व्यक्ति को अनुभव और उपयोग न करने की घटना नहीं था?

—निश्चय ही, युग का प्रधान स्पष्टतः *तुम* के आयाम से अपरिचित था। मामले को ठीक तरीक़े से रखा गया है : साहस ही उसके लिए सबकुछ था। पराजय के बाद उसने अपने अनुयायियों की पीटर से तुलना की; पर कोई नहीं था जिसे वह अस्वीकार कर सकता क्योंकि कोई नहीं था जिसे उसने एक इयत्ता की तरह स्वीकार किया हो। लाखों के लिए वह एक राक्षसी *तुम* था, जिसने कोई प्रत्युत्तर नहीं दिया; *तुम* का प्रत्युत्तर उसकी ओर से *वह* था; वैयक्तिक स्तर पर उसने अवास्तविक प्रत्युत्तर दिया—केवल अपने क्षेत्र में, अपने प्रयोजन और अपने कामों के साथ प्रत्युत्तर। यह वह प्राथमिक ऐतिहासिक अवरोध है जहाँ साहचर्य का मूल शब्द अपनी वास्तविकता, पारस्परिकता की अपनी चारित्रिकता खो देता है : वह राक्षसी *तुम* जिसके लिए कोई *तुम* नहीं हो सकता। व्यक्ति और अहं के अतिरिक्त तीसरे प्रकार का यह मनुष्य—उनके बीच में नहीं—निर्णायक समयों में निर्णायक उत्कर्ष के साथ घटित होता है : प्रबल रूप से हर चीज़ उसकी ओर आविष्ट बढ़ती है जबकि वह स्वयं निरावेग रहता है; सहस्रों सम्बन्ध उसकी ओर आते हैं, लेकिन उसकी ओर से एक भी नहीं। वह किसी वास्तविकता में सहभागिता नहीं करता, लेकिन अन्य लोग उसमें असीम सहभागिता करते हैं, जैसे एक वास्तविकता में।

सच तो यह है कि वह अपने आसपास के लोगों को अलग-अलग उपलब्धियों के लिए उपयोगी मशीनों के रूप में ही देखता है, जिन्हें वह सुविचारित रूप से अपने प्रयोजन के लिए इस्तेमाल करता है। लेकिन वह स्वयं को भी उसी प्रकार देखता है (फ़र्क़ यही है कि वह अपने सामर्थ्य की सीमा के साथ अनवरत प्रयोग करता रहता है, लेकिन उनकी सीमाओं के साथ कभी प्रयोग नहीं करता)। वह स्वयं को भी एक *वह*

की तरह ही व्यवहृत करता है।

इस प्रकार उसका *मैं-कथन* जीवन्त और सुस्पष्ट तथा पूर्ण नहीं होता। वह इन गुणों के होने का बहाना भी नहीं करता (आधुनिक अहं के *मैं-कथन* की तरह)। वह अपने बारे में भी कुछ नहीं कहता, वह केवल 'अपनी ओर से' बोलता है। उसके द्वारा बोला या लिखा गया *मैं* केवल वाक्य के लिए आवश्यक कर्ता होता है, जो उसके वक्तव्य और आदेश सम्प्रेषित करता है—न इससे अधिक, न कम। वह विषयिता से वंचित होता है; न उसके पास वह आत्म-चेतना ही होती है जो 'अस्तित्व उस रूप में' को लेकर चिन्तित हो; और न्यूनतम यह कि स्वयं को प्रस्तुत करने को लेकर भी वह किसी भ्रम का शिकार नहीं होता। "मैं वह घड़ी हूँ जो है और अपने को नहीं जानती" : इस प्रकार उसने स्वयं अपने निर्णायक महत्त्व का निरूपण किया—इस घटना की वास्तविकता और इस *मैं* की अवास्तविकता का—जब वह अपने प्रयोजन से विलग हो चुका था, क्योंकि तभी वह अपने बारे में सोच और बोल सकता और ऐसा करने को विवश था तथा अपने *मैं* पर एकाग्र हो सकता था जो केवल तभी प्रकट हुआ। जो प्रकट होता है वह केवल विषयी नहीं होता; न वह विषयिता उपलब्ध कर पाता है : जादुई प्रभाव के टूटने के बाद, लेकिन अमुक्त, वह उस वैध और अवैध भयानक शब्द में अभिव्यक्ति पाता है : "ब्रह्माण्ड *हमारा* ध्यान करता है!" अन्ततः वह पुनः रहस्य में डूब जाता है।

इस तरह के क़दम और इस तरह के पतन के बाद कौन यह दावा करने का साहस कर सकता है कि यह मनुष्य अपने भयंकर विकराल जीवन-लक्ष्य को समझा—या वह उसे ग़लत समझा? निश्चित केवल यह है कि जिस युग के लिए यह राक्षसी मनुष्य जो बिना वर्तमान के रहता और स्वामी तथा आदर्श बन जाता है, वह उसे ग़लत समझेगा। वह यह देखने में विफल है कि यहाँ नियति और उपलब्धियाँ, न कि सत्ता की लालसा और आनन्द, नियन्त्रक है। वह नियन्ता भृकुटि पर भावविभोर होता है और उन चिह्नों का कोई ख़्याल नहीं करता जो घड़ी के अंकों की तरह उसके ललाट पर अंकित हैं। कोई श्रमपूर्वक कोशिश करता है कि उसके दूसरों को देखने के ढंग की नक़ल कर सके—अपनी आवश्यकताओं और नियति को समझे बिना—और इस *मैं* की वस्तुनिष्ठ पृथकता को

आत्म-सजगता का किण्वन समझने की भूल करता है। शब्द *मैं* मानवता का संकेत-शब्द है। नेपोलियन ने सम्बन्ध बनाने के सामर्थ्य के बिना उसे बोला, लेकिन वह उसे उपलब्धि के *मैं* की तरह नहीं बोला। जो लोग इसकी नक़ल के लिए उद्यम करते हैं, वे केवल अपने आत्म-अन्तर्विरोध के नैराश्य के साथ विश्वासघात करते हैं।

●

—वह क्या है : आत्म-अन्तर्विरोध?

—जब मनुष्य संसार में सम्बन्ध की पूर्णता की जाँच नहीं करता, जो कुछ उसके सम्मुख आता है, उसमें अन्तर्जनित *तुम* का कार्यान्वयन और वास्तविकीकरण नहीं करता तो वह अन्दर की ओर मुड़ जाता है। तब वह अपने को अस्वाभाविक, असम्भव चीज़ के —*मैं*—के माध्यम से फैलाता है—अर्थात् वह ऐसी जगह अपने को फैलाता है, जहाँ उसके लिए जगह नहीं है। इस प्रकार आत्म के अन्दर ही एक मुक़ाबला होने लगता है और यह सम्बन्ध, उपस्थिति, पारस्परिकता का प्रवाह नहीं बल्कि केवल आत्म-अन्तर्विरोध ही हो सकता है। कुछ लोग इसकी व्याख्या एक ऐसे सम्बन्ध के रूप में कर सकते हैं, शायद धार्मिक, ताकि अपने को अपनी प्रेतात्मा के सन्त्रास से मुक्त कर सकें : वे ऐसी किसी भी व्याख्या के छल के बार-बार पुनरन्वेषण के लिए विवश हैं। यहाँ जीवन का किनारा है। जो कुछ यहाँ अपूर्ण रह गया, उसे किसी पूर्णता के भ्रम में पलायन करना पड़ा; अब वह एक भूलभुलैया में टटोलता रह जाता और अगाध में खो जाता है।

●

कभी-कभी जब मनुष्य *मैं* और विश्व के बीच की पृथकता के सन्त्रास से पराभूत होता है तो उसे लगता है कि कुछ किया जा सकता है। कल्पना करो कि एक मध्यरात्रि में तुम, एक जागृत स्वप्न से सन्तप्त, लेटे हुए हो : बचाव टुकड़े-टुकड़े हो चुका है और अतल गह्वर अट्टहास कर रहे हैं और इस यन्त्रणा के बीच तुम्हें समझ आता है कि जीवन आज भी है और मुझे बचकर उस तक पहुँचना है—लेकिन कैसे? कैसे? जब मनुष्य अपने को सम्भालता है तो ऐसे समय में उसे यह महसूस होता है : सन्त्रास से पराभूत, चिन्तामग्न, दिशाहीन। लेकिन अब भी वह नितल के

उपेक्षित ज्ञान की गहराई में नीचे सही दिशा को जान सकता है—वापसी की दिशा जो त्याग में से गुज़रती है। लेकिन वह इस ज्ञान को ख़ारिज कर देता है; जो 'रहस्यमय' है, वह अर्धरात्रि के कृत्रिम सूर्य को सहन नहीं कर सकता। वह विचार को आमन्त्रित करता है जिसमें वह, ठीक ही, बहुत विश्वास करता है : विचार सब कुछ ठीक कर देगा। आख़िर यह विचार की ही उच्च कला है जो विश्व का एक विश्वसनीय और व्यवहारत: सुपरीक्षित चित्र बना सकती है। इस प्रकार मनुष्य अपने विचार को कहता है : वहाँ उन क्रूर आँखों वाले उस डरावने रूप को देखो—क्या यह वही नहीं है जिसके साथ बहुत पहले मैं खेलता था? क्या तुम्हें याद है कि कैसे वह इन आँखों से मुझ पर हँसा करती थी और तब वे कितनी अच्छी थीं? और अब मेरे अभागे *मैं* को देखो—मैं तुम्हारे सम्मुख यह स्वीकार करूँगा : वह खोखला है और मैंने अपने में जो कुछ भी रखा, अनुभव और उपयोग, वह इस गुहा में प्रवेश नहीं पा सका। क्या तुम उसके और मेरे बीच सबकुछ ठीक नहीं कर सकते ताकि वह द्रवित हो और मैं फिर ठीक हो सकूँ?" और सदा की तरह कृपालु और निपुण विचार अपनी अभ्यस्त तेज़ी से एक शृंखला, नहीं, दो चित्र-शृंखलाएँ दाहिनी और बायीं दीवार पर बना देता है। यहाँ ब्रह्माण्ड है (या बल्कि होता है क्योंकि विचार के विश्व-चित्र विश्वसनीय चलचित्र होते हैं)। तारों के घूर्णन, छोटी-सी पृथ्वी उभरती है, पृथ्वी पर प्रचुरता से छोटा-सा मानव उभरता है, और अब इतिहास उसे अपने पाँवों के नीचे चूर-चूर हो जाने वाली संस्कृतियों की बाँबियों के पुनर्निर्माण में उसे बनाये रखने के लिए युगों की यात्रा करवाता है। चित्रों की इस शृंखला के नीचे लिखा है : "एक और सब।"

इसलिए जब मनुष्य अब की बार पृथकता के सन्त्रास से पराभूत होता और विश्व उसे दुश्चिन्ता से भर देता है तो वह ऊपर की ओर (दक्षिण या वाम, जैसा भी मामला हो) एक चित्र देखता है। तब वह देखता है कि *मैं* विश्व में अन्तर्विष्ट है, और वास्तव में कोई *मैं* नहीं है, और इसलिए विश्व *मैं* को कोई हानि नहीं पहुँचा सकता, और वह शान्त हो जाता है; या वह देखता है कि विश्व *मैं* में अन्तर्विष्ट है, और वास्तव में कोई विश्व नहीं है, और इसलिए विश्व *मैं* को कोई हानि नहीं पहुँचा सकता, और वह शान्त हो जाता है। और जब मनुष्य फिर पृथकता के सन्त्रास से

पराभूत होता तथा *मैं* उसे दुश्चिन्ता से भर देता है, वह ऊपर की ओर एक चित्र को देखता है; और जो कुछ भी वह देखता है, उसका कोई महत्त्व नहीं है, या तो खोखला *मैं* में विश्व ठुँस गया है अथवा वह विश्व की बाढ़ में डूब गया है, और वह शान्त हो जाता है।

लेकिन वह क्षण भी आयेगा, और वह निकट ही है, जब मनुष्य, सन्त्रास से पराभूत, दोनों चित्रों को एक कौंध में एक साथ देखता है। और अब वह एक गहनतर सन्त्रास की क़ैद में है।

तीन

सम्बन्धों की रेखाएँ बढ़ती हुई सनातन *तुम* के आर-पार हो जाती हैं।

प्रत्येक अकेला *तुम* उसकी एक झलक है। प्रत्येक अकेले *तुम* के माध्यम से मूल शब्द सनातन *तुम* को सम्बोधित होता है। सभी प्राणियों की मध्यस्थता उनके साथ हमारे सम्बन्धों की पूर्णता—और पूर्णता के अभाव—का कारण होती है। अन्तर्जात *तुम* हर बार कभी भी बिना पूर्णता के वास्तविकीकृत होता है। वह उस *तुम* के साथ केवल प्रत्यक्ष सम्बन्ध में ही पूर्णता प्राप्त करता है जो अपनी प्रकृति के अनुसार कभी भी *वह* नहीं हो सकता।

मनुष्य ने अपने सनातन *तुम* को कई नामों से पुकारा है। इस तरह नामित किये हुए को जब वे गाते हैं तो उनका तात्पर्य *तुम* ही होता है : प्रथम मिथक स्तुति-स्तोत्र थे। अनन्तर नाम *वह-भाषा* में प्रविष्ट हो गये; मनुष्यों ने अपने सनातन *तुम* को *वह* के रूप में अधिकाधिक सोचने और चर्चा करने की प्रेरणा महसूस की। लेकिन ईश्वर के सभी नाम खोखले ही रहे क्योंकि उनका उपयोग ईश्वर के बारे में चर्चा करने के लिए ही नहीं बल्कि *उस* से बोलने के लिए भी किया गया।

कुछ लोग 'ईश्वर' शब्द के किसी वैध इस्तेमाल को भी ख़ारिज करेंगे क्योंकि उसका बहुत अधिक दुरुपयोग हुआ है। वह सभी मानवीय शब्दों में सर्वाधिक बोझिल है। स्पष्टत: इसी कारण वह सर्वाधिक अक्षय और अपरिहार्य है। और ईश्वर की प्रकृति और कामों के बारे में की जाने वाली सारी भ्रान्तिपूर्ण बातों (हालाँकि ऐसी कोई बात कभी नहीं हुई और न हो सकती है जो भ्रान्तिपूर्ण न हो) की एक सत्य से तुलना करने पर कि क्या ईश्वर को सम्बोधित करने वाले सभी मनुष्यों का तात्पर्य वास्तव में उसी से था, उनमें कितना वज़न रह पाता है? जो कोई शब्द 'ईश्वर' का उच्चारण करता और वास्तव में उसका तात्पर्य *तुम* होता है तो अपनी सारी भ्रान्तियों के बावजूद वह अपने जीवन के सच्चे *तुम* को ही सम्बोधित

कर रहा होता है, जिसे किसी अन्य से सीमित नहीं किया जा सकता और जिसके साथ वह ऐसे सम्बन्ध में होता है, जिसमें अन्य सब सम्मिलित होते हैं।

लेकिन जो कोई नामों को असंगत मानता और कल्पना करता है कि वह ईश्वरविहीन है—जब वह अपने सारे समर्पित सत्त्व के साथ अपने जीवन के उस *तुम* को सम्बोधित करता है, जिसे किसी अन्य से सीमित नहीं किया जा सकता तो वह ईश्वर को सम्बोधित कर रहा होता है।

●

जब हम अपने मार्ग पर जा रहे होते हैं और अपनी ओर आते किसी मनुष्य के सम्मुख होते हैं, जो अपने मार्ग पर जा रहा होता है, हम केवल अपना मार्ग जानते हैं, उसका नहीं; तब हमारे लिए उसका होना केवल सम्मुखीकरण में होता है।

पूर्ण सम्बन्ध-प्रक्रिया को हम अपने मार्ग पर बढ़ते जाने के माध्यम से जी कर जानते हैं। दूसरा भाग हमारे साथ केवल घटित होता है, हम उसे जानते नहीं हैं। वह सम्मुखीकरण में हमारे साथ घटित होता है। लेकिन हम उससे कुछ अधिक ले सकते हैं, यदि हम सम्मुखीकरण के परे कुछ मानकर बात करें।

हमारा सरोकार, हमारी चिन्ता, दूसरे पक्ष के लिए नहीं, हमारे अपने लिए होती है, कृपा के लिए नहीं किन्तु आकांक्षा के लिए कृपा का सरोकार हमसे उतना ही होता है जितना हम उसकी ओर बढ़ते हैं और उसकी उपस्थिति की प्रतीक्षा करते हैं; वह हमारा लक्ष्य नहीं होता।

तुम मेरे सम्मुख आता है। लेकिन मैं उसके साथ एक प्रत्यक्ष सम्बन्ध में प्रविष्ट होता हूँ। इस प्रकार सम्बन्ध एक साथ चयनित होना और चयन करना है, निष्क्रिय और सक्रिय। सम्पूर्ण इयत्ता का कर्म सभी आंशिक कर्मों को मिटा डालता है और इस प्रकार कर्म के सारे अनुभवों को भी (जो पूर्णतया कर्मों की सीमित प्रकृति पर निर्भर होते हैं)—और इसलिए वह निष्क्रियता के सदृश हो जाता है।

यह उस मानव-प्राणी की सक्रियता है जो सम्पूर्ण हो चुका है : इसे अकर्म कहा गया है, क्योंकि कुछ भी विशेष, कुछ भी आंशिक मनुष्य में

सक्रिय नहीं होता और इसलिए उसका कुछ भी विश्व में घुसपैठ नहीं करता। यह सम्पूर्ण मानव-इयत्ता है, अपनी सम्पूर्णता में संवृत्त, अपनी सम्पूर्णता में शान्त, जो यहाँ सक्रिय होती है क्योंकि मानव-प्राणी एक सक्रिय सम्पूर्ण हो गया है। जब कोई इस अवस्था में स्थिरता उपलब्ध कर लेता है तो वह सर्वोच्च साक्षात् की ओर बढ़ने का साहस करने के योग्य होता है।

इस मंज़िल पर किसी को ऐन्द्रिक विश्व को आभासी विश्व के रूप में उतार देने की ज़रूरत नहीं होती। कोई आभासी विश्व नहीं है—केवल विश्व है जो, निश्चय ही, हमें अपनी दोहरी मनोवृत्ति के अनुसार दोहरा लगता है। केवल पृथकता की माया के टूटने की आवश्यकता है। "ऐन्द्रिक अनुभवों के परे" जाने की कभी ज़रूरत नहीं है; कोई भी अनुभव, चाहे वह कितना भी आध्यात्मिक हो, हमें केवल एक *वह* ही अर्पित कर सकता है। हमें प्रत्ययों और मूल्यों के विश्व की ओर मुड़ने की भी आवश्यकता नहीं है—वह हमारे लिए वर्तमान नहीं हो सकता। इस सबकी कोई ज़रूरत नहीं है। कोई बता सकता है कि क्या ज़रूरत है? किसी नुस्खे की तरह नहीं। सभी नुस्खे जो मानव आत्मा के युगों में सोचे और अन्वेषित किये गये हैं, सभी उपक्रमों, अनुष्ठानों और ध्यानों के सुझावों का साक्षात् के आद्य सरल तथ्य से कोई लेना-देना नहीं है। ज्ञान और शक्ति के सभी लाभ, जिनके लिए कोई एक या दूसरे अनुष्ठान की ओर जाता है, उसकी ओर उन्मुख नहीं होते, जिसकी चर्चा हम यहाँ कर रहे हैं। इन सबका स्थान *वह-विश्व* में है और ये हमें एक क़दम भी उससे बाहर नहीं ले जाते—कोई निर्णायक क़दम नहीं। नुस्खों के मुताबिक अग्रगमन अशिक्षणीय है। उसका केवल संकेत किया जा सकता है। तब एक ज़रूरी बात दृश्यमान हो जाती है : वर्तमान का सम्पूर्ण स्वीकार।

निस्सन्देह, इस स्वीकार में भारी ख़तरा और एक अधिक बुनियादी वापसी है—इसके सिवा मनुष्य ने पृथकता में अपना मार्ग खो दिया है। जिसे त्याग देने की ज़रूरत है वह *मैं* नहीं है, जैसा कि अधिकांश रहस्यवादी मानते हैं : किसी भी सम्बन्ध के लिए *मैं* अपरिहार्य है—उच्चतम सम्बन्ध के लिए भी जिसमें एक *मैं* और *तुम* का होना अपेक्षित है। *मैं* को नहीं बल्कि आत्म-अभिपुष्टि की उस भ्रान्तिपूर्ण प्रेरणा को त्यागने की ज़रूरत है जो मनुष्य को सम्बन्धों के अविश्वसनीय, वायवीय, नश्वर, अननुमेय,

ख़तरनाक विश्व से वस्तुओं के स्वत्व में जाने के लिए उकसाती है।

●

किसी भी अन्य इयत्ता के साथ *विश्व में* वास्तविक सम्बन्ध ऐकान्तिक होता है। उसका *तुम* स्वतन्त्र होकर अपनी अद्वितीयता में हमारे सम्मुख होने के लिए क़दम बढ़ाता है। वह आकाश को भर देता है—यह नहीं कि वहाँ और कुछ नहीं होता, लेकिन हर चीज़ उसी के प्रकाश में रहती है। सम्बन्ध की यह उपस्थिति जब तक क़ायम रहती है तब तक यह वैश्विकता लंघनीय नहीं होती। लेकिन जैसे ही एक *तुम वह* बनता है, सम्बन्ध की वैश्विकता विश्व के विरुद्ध एक अन्याय लगने लगती है—और उसकी ऐकान्तिकता ब्रह्माण्ड की ऐकान्तिकता।

ईश्वर के साथ सम्बन्ध में अबाध ऐकान्तिकता और अबाध समावेशन एक हैं। जो लोग परम सम्बन्ध में प्रवेश करते हैं, उनके लिए विशेष कोई महत्त्व नहीं रखता—न वस्तुएँ न प्राणी, न पृथ्वी न स्वर्ग—सब कुछ सम्बन्ध में समाविष्ट हैं। शुद्ध सम्बन्ध में प्रवेश में किसी भी वस्तु की उपेक्षा नहीं बल्कि *तुम* में हर वस्तु को देखना है, विश्व का त्याग नहीं, बल्कि उसे उसके उचित स्थान पर रखना। संसार से विमुख होने से ईश्वर की ओर उन्मुख होने में कोई मदद नहीं मिलती; संसार को ताकते रहना भी सहायक नहीं है; लेकिन जो विश्व को उसमें धारण करता है वह उसकी उपस्थिति के सम्मुख होता है। ''संसार यहाँ है, ईश्वर वहाँ''—यह *वह-कथन* है; और ''विश्व में ईश्वर'' भी *वह-कथन*; लेकिन *तुम* के बोध में सारे विश्व का बोध—कुछ भी बाहर या पीछे नहीं छोड़ना, संसार को उसका देय और सच्चाई देना, ईश्वर के अतिरिक्त कुछ भी न रखना लेकिन सभी कुछ का उसी में बोध करना—यह सम्बन्ध की पूर्णता का घटित होना है।

संसार में रहकर ईश्वर को नहीं पाया जा सकता; संसार को छोड़कर भी ईश्वर को नहीं पाया जा सकता। जो कोई अपने पूर्ण सत्त्व के साथ अपने *तुम* की ओर जाता और पूरे संसार को साथ ले जाता है, वही उसे पाता है, जिसे खोजा नहीं जा सकता।

निश्चय ही ईश्वर 'समग्रतः अन्य' है; लेकिन वह समग्रतः अभिन्न भी है : समग्रतः उपस्थित। निस्सन्देह वह अपूर्व रहस्य है जो प्रकट होता और

अभिभूत कर देता है; लेकिन वह प्रत्यक्ष का रहस्य भी है, जो मेरे अपने *मैं* से मेरे अधिक समीप है।

जब आप वस्तुओं के जीवन और सीमाओं को पूरी तरह समझते हैं तो आप अविच्छेद्यता तक पहुँच जाते हैं; जब आप वस्तुओं के जीवन और सीमाओं का प्रतिवाद करते हैं तो आप शून्य के सिवा कहीं नहीं पहुँचते; जब आप जीवन का अर्पण करते हैं तो आप सजीव ईश्वर का साक्षात् करते हैं।

●

सभी वैयक्तिक *तुमों* के साथ अपने सम्बन्धों में उनके *वह* में बदल जाने की निराशा का अनुभव करने वाले मनुष्य का *तुम-बोध* उन सबके परे जाने की आकांक्षा करता है, लेकिन अपने सनातन *तुम* की ओर किसी तरह नहीं जा पाता। उस तरह नहीं, जिस तरह कोई किसी चीज़ की खोज करता है : सच तो यह है कि ईश्वर की खोज जैसा कुछ नहीं होता क्योंकि ऐसा कुछ भी नहीं है, जहाँ उसे न पाया जा सके। कितना मूर्ख और निराश होगा वह जो ईश्वर को पाने के लिए अपने जीवन का ढंग छोड़ दे : यदि कोई एकान्त की सारी बुद्धिमत्ता और एकाग्रता की सारी शक्ति पा भी ले तो भी उसे नहीं पा सकेगा। यह वैसा ही है जैसे कोई मनुष्य अपने मार्ग पर चलता रहे और केवल कामना करे कि यही सही मार्ग हो जाये; उसकी आकांक्षा उसके मनोबल में अभिव्यक्ति पाती है। प्रत्येक साक्षात् रास्ते का वह मुक़ाम है जो उसे पूर्णता का एक दृश्य देता है; इसलिए प्रत्येक में वह उसे बाँटने में विफल होता और किसी एक को बाँटता भी है क्योंकि वह प्रस्तुत होता है। प्रस्तुत, लेकिन प्रयत्नशील नहीं, वह अपने रास्ते चला जाता है : इससे उसे सब वस्तुओं के प्रति अविक्षुब्धता मिलती है और वह स्पर्श जो उसकी मदद करता है। लेकिन एक बार मिल जाने पर उसका हृदय उनकी ओर से मुड़ता नहीं, यद्यपि अब वह एक में ही सबकुछ से साक्षात् करता है। वह उन सभी कोठरियों को आशीर्वाद देता है, जिन्होंने उसे शरण दी और उन्हें भी जहाँ वह अब शरण पायेगा, क्योंकि यह उपलब्धि मार्ग का अन्त नहीं बल्कि उसका केवल सनातन केन्द्र है।

यह तलाश के बिना प्राप्ति है; सर्वाधिक मौलिक और उद्‌गम का आविष्कार।

अनन्त *तुम* को पाये बिना संतृप्त न होने वाले *तुम–बोध* ने शुरू में ही उसकी उपस्थिति को भाँप लिया था; इस उपस्थिति को सांसारिक जीवन के अर्पण की वास्तविकता के माध्यम से उसके लिए केवल पूर्णतया वास्तविक होना था।

यह नहीं कि 'ईश्वर' किसी भी वस्तु से अनुमित किया जा सकता है—कहें कि प्रकृति से उसके कारण–रूप में, या इतिहास से उसके कर्णधार के रूप में, अथवा कर्ता से उसके आत्म के रूप में, जो उसके माध्यम से स्वयं को सोचता है। यह नहीं कि मानो कोई और वस्तु 'प्रदत्त' है और इसे उसमें से निगमित किया जा सकता है। यह वह है जो प्रत्यक्ष साक्षात् करता है, और प्रथम तथा सदैव, और वैधतापूर्वक उसे केवल सम्बोधित किया जा सकता है, उसका दावा नहीं किया जा सकता।

●

ईश्वर के साथ हमारे सम्बन्ध के अनिवार्य तत्त्व को एक भावना में खोजा गया है, जिसे निर्भरता की भावना या इन दिनों, अधिक स्पष्ट होने की कोशिश में, जीव–भावना कहा गया है। यद्यपि इस तत्त्व और उसकी परिभाषा पर आग्रह सही है, लेकिन इस घटक पर एकपक्षीय बलाग्रह पूर्ण सम्बन्ध की चारित्रिकता के बारे में भ्रम पैदा करता है।

प्रेम के बारे में पहले जो कुछ कहा गया है वह इस स्थल पर अधिक स्पष्टतापूर्वक सच है : भावनाएँ सम्बन्ध के तथ्य की केवल सहचर होती हैं, जो अन्ततः आत्मा में नहीं बल्कि एक *मैं* और एक *तुम* के बीच स्थापित होता है। भावना को कोई कितना भी अनिवार्य माने, वह अब भी आत्मा की गत्यात्मकता के अधीन ही रहती है, जहाँ एक भावना का दूसरी भावना अतिक्रमण करती, उत्कर्ष पर पहुँचती और किसी अन्य भावना द्वारा प्रतिस्थापित होती रहती है; भावनाओं की, सम्बन्ध के विपरीत, तुलना की जा सकती है। सर्वोपरि, प्रत्येक भावना का एक ध्रुवीय तनाव में अपना एक स्थान होता है; वह अपना रंग और अर्थ केवल स्वयं से नहीं बल्कि अपने ध्रुवीय प्रतिपक्ष से भी प्राप्त करती है; प्रत्येक भावना अपनी प्रतिपक्षी से अनुकूलित होती है। वास्तव में, परम सम्बन्ध में सभी सापेक्ष सम्बन्ध समाविष्ट होते हैं और उनके विपरीत, वह कोई अंश नहीं, बल्कि सम्पूर्ण होती है जिसमें वे सब पूर्ण होकर एक हो जाते हैं।

लेकिन मनोविज्ञान में परम सम्बन्ध किसी विशेष और सीमित भावना पर बलाग्रह से व्युत्पन्न होने के कारण सापेक्ष हो जाता है।

यदि कोई आत्मा से आरम्भ करता है तो पूर्ण सम्बन्ध को केवल द्विध्रुवीय रूप में ही देखा जा सकता है। निश्चय ही, पीछे देखने पर कभी-कभी व्यक्ति की मूल धार्मिक वृत्ति से दमित होकर एक ध्रुव लुप्त हो जाता है और केवल शुद्धतम और सर्वाधिक मुक्त मन तथा गहन अन्तर्दशन में ही उसे वापस बुलाया जा सकता है।

●

हाँ, शुद्ध सम्बन्ध में आप पूरी तरह निर्भर महसूस करते हैं, जैसा किसी अन्य सम्बन्ध में नहीं कर सकते—और फिर भी पूरी तरह स्वतन्त्र भी जैसा कभी भी कहीं और नहीं करते; सर्जित और सृजनात्मक। आप अब अन्य से बाधित कोई एक रूप महसूस नहीं करते; आप दोनों का अबाध अनुभव करते हैं, एक साथ दोनों का।

हर वक़्त आप अपने मन में जानते हैं कि आपको अन्य किसी भी बात से ज़्यादा ईश्वर की आवश्यकता है। लेकिन क्या आप नहीं जानते कि ईश्वर को भी आपकी आवश्यकता है—अपनी सनातनता की पूर्णता में, *तुम?* यदि ईश्वर को ज़रूरत नहीं होती तो मनुष्य का अस्तित्व हो ही कैसे सकता है और आपका अस्तित्व कैसे है? आपको अपने होने के लिए ईश्वर की आवश्यकता है, और ईश्वर को आपकी ज़रूरत है—उसके लिए जो आपके जीवन का अर्थ है। उपदेश और कविताएँ अधिक कहने का यत्न करते हैं और बहुत अधिक कह देते हैं : ''उद्गामी ईश्वर'' की चहचहाट कितनी निरानन्द और धृष्ट है—लेकिन हम अपने हृदय में कितने अटल भाव से सजीव ईश्वर के उदय को जानते हैं। यह विश्व कोई दैवी खेल नहीं है, यह दैवी नियति है। यह विश्व, मनुष्य, मानवीय व्यक्ति, तुम और मैं की दैवी अर्थवत्ता है।

सृष्टि—हम में घटित होती, हमारे अन्दर प्रज्वलित होती, हमें बदलती, हम काँपते और बेसुध होते, हम समर्थन करते हैं। सृष्टि—हम उसमें सहभागिता करते, हम स्रष्टा का साक्षात् करते, अपने को उसे अर्पित करते, सहायक और साथी।

दो महान् सेवक युगों से चले आ रहे हैं : प्रार्थना और बलि। प्रार्थना में

मनुष्य अपने को बाहर उँडेलता है, अप्रतिबन्धित निर्भर, यह जानते हुए कि वह अबोधगम्यता से ईश्वर पर क्रिया करता है, हालाँकि उसे इसमें ईश्वर से कुछ नहीं मिलता; क्योंकि वह अपने लिए कुछ भी नहीं चाहता, वह अपनी प्रभावी क्रियाशीलता को उच्चतम लौ में प्रज्वलित रखता है। और वे जो बलिदानी हैं? मैं सुदूर अतीत के उन निष्ठावान सेवकों को तुच्छ नहीं समझ सकता जिन्होंने माना कि ईश्वर उनकी प्रज्वलित बलि की गन्ध पसन्द करता है : वे अपनी नासमझी और उत्साह में मानते थे कि वे ईश्वर को भी कुछ दे सकते हैं और उन्हें देना चाहिये; और अपनी अल्प आकांक्षा को ईश्वर को अर्पित करने तथा एक महान् आकांक्षा में उससे साक्षात् करने वाला भी यह जानता है। "तुम्हारी इच्छा पूर्ण हो"— वह इतना ही कहता है, लेकिन सत्य उससे कहता है : "मेरे माध्यम से जिसकी तुम्हें ज़रूरत है।" वह क्या चीज़ है जो प्रार्थना और बलि से जादू को अलग करती है? जादू किसी सम्बन्ध में प्रवेश किये बिना प्रभावी होना चाहता और एक शून्य में अपने कौशल का प्रदर्शन करता है, जबकि बलिदान और प्रार्थना पारस्परिकता की अभिव्यंजना करने वाले पवित्र मूल शब्द की पूर्णता में "चेहरे के सम्मुख" होते हैं। वे *तुम* कहते और सुनते हैं।

शुद्ध सम्बन्ध को निर्भरता समझने की इच्छा का तात्पर्य है सम्बन्ध के एक भागीदार को अवास्तविक और इस प्रकार स्वयं सम्बन्ध को ही अवास्तविक कर देना।

●

यही होता है, यदि कोई विपरीत दिशा से भी शुरू करता और अपने आत्म में तल्लीन हो जाने अथवा उसमें गहरे उतरने में धार्मिक कर्म का अनिवार्य तत्त्व पाता है—चाहे आत्म विषयिता और *मैं-त्व* से वंचित हो अथवा आत्म को उस *एक* के रूप में समझा जाता है जो सोचता है और है। पहली दृष्टि की मान्यता है कि *मैं-त्व* से मुक्त प्राणी में ईश्वर प्रवेश करेगा या उस बिन्दु पर वह ईश्वर में विलय हो जायेगा; दूसरी दृष्टि की मान्यता है कि वह दैवी *एक* के रूप में अपना साक्षात् करता है। इस प्रकार प्रथम की धारणा है कि एक उच्च क्षण में सब *तुम-कथन* समाप्त हो जाता है, क्योंकि अब कोई द्वित्व वास्तव में नहीं है। प्रथम का एकीकरण में विश्वास है और द्वितीय का मानवीय और दैवी की एकात्मकता में।

दोनों का आग्रह उस पर है जो *मैं* और *तुम* से परे है : प्रथम के लिए यह शायद भाव-समाधि में होता है, जबकि द्वितीय के लिए वह सदैव वहाँ है और अपने को प्रकट करता है—शायद जैसे कोई विचारशील कर्ता अपने आत्म को धारण करता है। दोनों सम्बन्ध का विलोपन करते हैं—प्रथम गत्यात्मक रूप में जिसमें *मैं* *तुम* द्वारा अपने में समा लिया जाता है, जो अब *तुम* नहीं रहता बल्कि केवल अस्तित्व हो जाता है; द्वितीय के साथ यह अगतिक रूप से होता है, जिसमें *मैं* मुक्त होकर आत्म हो जाता है और अपने को केवल अस्तित्व के रूप में जानता है। निर्भरता का सिद्धान्त शुद्ध सम्बन्ध के विश्व-मेहराब के *मैं-समर्थक* को इतना कमज़ोर और महत्त्वहीन समझता है कि मेहराब को आधार देने की उसकी योग्यता विश्वसनीय नहीं रहती, जबकि विलय का सिद्धान्त अपनी पूर्णता में मेहराब को ही मिटा देता है और दूसरा उसे एक असंगत कल्पना मानता है, जिसे पराभूत किया जाना है।

विलय के सिद्धान्त एकात्मकता की महान् सूक्तियों का आह्वान करते हैं—उनमें सर्वोपरि जॉन की एक सूक्ति "मैं और पिता एक हैं" और दूसरी शांडिल्य का सिद्धान्त है : "मेरा अन्तस्थ आत्म सर्वसमावेशी है।"

इन दोनों सूक्तियों के मार्ग बिल्कुल विपरीत हैं। प्रथम (लम्बे भूमिगत दौर के बाद) का स्रोत एक व्यक्ति के मिथकाकार जीवन में है और जो एक सिद्धान्त में पर्यवसित होता है। द्वितीय का उद्‌गम एक सिद्धान्त में है जो किसी व्यक्ति के मिथकाकार जीवन में पराकाष्ठा (अनन्तिम रूप से) पर पहुँचता है। इन मार्गों पर प्रत्येक सूक्ति का चरित्र बदल जाता है। जॉन परम्परा के ईसा, शब्द जो देह हो गया, हमें एकहार्ट के ईसा तक ले जाते हैं, जिन्हें ईश्वर ने सनातन रूप से मानव-आत्मा में उत्पन्न किया है। उपनिषदों का आत्म के अभिषेक का सूत्र "वह सत्य है, वह आत्मा है और वही तुम हो" हमें क्षिप्रता से बौद्ध सूत्र की ओर ले जाता है : "आत्म और आत्म से सम्बन्धित जो कुछ भी है, उन्हें सत्य और वास्तविकता में नहीं पाया जा सकता।"

दोनों मार्गों के आरम्भ और अन्त पर अलग-अलग विचार किया जाना आवश्यक है।

"एक हैं" का आह्वान करने का कोई औचित्य नहीं है, यह हर उस मनुष्य के सम्मुख बिल्कुल स्पष्ट हो जाता है, जो जॉन के अनुसार 'सुसमाचार' को बिना कहीं भी छोड़े खुले दिमाग़ से पढ़ता है। वह शुद्ध सम्बन्ध के 'सुसमाचार' से कहीं भी कम नहीं है। परिचित रहस्यवादी कविता "मैं तुम हूँ और तुम मैं हो" की अपेक्षा यहाँ अधिक सत्य बातें हैं। पिता और पुत्र के अभिन्न होने के कारण, हम कह सकते हैं : ईश्वर और मनुष्य, अभिन्न होने के कारण, वास्तव में सदैव दो हैं—आद्य सम्बन्ध के दो भागीदार जो ईश्वर की ओर से मनुष्य के लिए जीवन-लक्ष्य और ईश्वरीय आदेश हैं; मनुष्य की ओर से ईश्वर के लिए देखना और सुनना; दोनों के बीच ज्ञान और प्रेम। और इस सम्बन्ध में पुत्र, यद्यपि पिता उसमें रहता और सक्रिय है, उसके सम्मुख प्रणत है जो "महानतर" है तथा उसे प्रार्थना करता है। इस संवाद की आद्य वास्तविकता की पुनर्व्याख्या करने तथा उसे *मैं* के आत्म या ऐसी ही किसी चीज़ से सम्बन्ध बनाने के सारे प्रयास, मानो वह मनुष्य की आत्म-यथेष्ट आभ्यन्तरिकता में बन्द प्रक्रिया हो, व्यर्थ हैं और अवास्तविकीकरण के अथाह इतिहास से सम्बन्धित हैं।

—लेकिन रहस्यवाद? वह बतलाता है कि द्वित्व में एकत्व का अनुभव क्या है। क्या हमें इस साक्ष्य की निष्ठा पर सन्देह करने का कोई अधिकार है?

—मैं एक नहीं बल्कि घटनाओं के ऐसे दो प्रकारों से परिचित हूँ जिसमें किसी द्वित्व का बोध नहीं होता। रहस्यवाद कभी-कभी उन्हें गड़बड़ा देता है, जैसा मैंने भी एक बार किया था।

प्रथमतः, आत्मा एक हो सकती है। यह घटना मनुष्य और ईश्वर के बीच नहीं बल्कि मनुष्य में घटित होती है। सभी शक्तियाँ एक सत् में केन्द्रित हो जाती हैं, उनका ध्यान भंग करने वाली हर चीज़ अन्दर खींच ली जाती है और मनुष्य अपने में एकाकी होता और, जैसा पार्सेलसस कहता है, अपने उत्कर्ष में आनन्दित होता है। यह एक मनुष्य का निर्णायक क्षण है। इसके बिना वह आत्मा के काम के योग्य नहीं है। इसके साथ—कहीं गहरे में यह तय हो जाता है कि इसका तात्पर्य तैयारी है या यथेष्ट सन्तोष। एकत्व में केन्द्रित कोई मानव-प्राणी अपने साक्षात् की ओर

अग्रसर हो सकता है—केवल अब पूर्णतः सफल—रहस्य और पूर्णत्व के साथ। लेकिन वह एकत्व के आनन्द को सुरक्षित रखते हुए और सर्वोत्तम कर्तव्य का दायित्व निभाये बिना, अन्य ध्यानाकर्षणों में लौट जाता है। हमारे मार्ग में हर बात एक निर्णय होती है—उद्दिष्ट, अस्पष्ट बोधगम्य, या पूरी तरह गुप्त—लेकिन यह निर्णय, कहीं गहरे में, आद्य गुप्त निर्णय है—सर्वाधिक शक्तिशाली नियति से परिपूर्ण।

दूसरी घटना स्वयं सम्बन्धात्मक कर्म का वह अज्ञेय या गूढ़ प्रकार है जिसमें मनुष्य को यह महसूस होता है कि दो एक हो गये हैं : एक और एक मिलकर एक होते हैं, शून्य, शून्य में आभामय होता है।" *मैं* और *तुम* का लोप हो जाता है; मानवत्व जो देवत्व का साक्षात् कर रहा था, उसमें विलीन हो जाता है; महिमान्विति, देवीकरण और सार्वभौमिक एकत्व प्रकट हो गये हैं। लेकिन जब मनुष्य में रूपान्तरित और क्लान्त दोनों स्थितियों को जानते हुए दैनिक विक्षोभ की बदनसीबी में लौटता है तो क्या वह यह महसूस करने को विवश नहीं हो जाता कि इयत्ता विभाजित हो गयी है; जिसका एक हिस्सा नैराश्य में छोड़ दिया गया है? इस बात से मेरी आत्मा को क्या सहायता मिल सकती है कि वह पुनः कभी इस संसार से उसी तत्त्व में लौट सकती है, जबकि इस संसार की उस एकत्व में कोई भूमिका नहीं है—दो भागों में विभाजित इस जीवन को "ईश्वर की लीला" से क्या लाभ हो सकता है? यदि उस अत्यन्त समृद्ध स्वर्गीय क्षण का मेरे इस अकिंचन सांसारिक क्षण से कोई वास्ता नहीं है—मेरे लिए उसका क्या अर्थ है, जब तक मुझे इस पृथ्वी पर रहना है और पूरी वास्तविकता के साथ रह रहा हूँ? इसी से उन गुरुओं को समझा जा सकता है जिन्होंने "एकीकरण" की भाव-समाधियों का त्याग कर दिया।

वह एकीकरण नहीं था। वे मानव-प्राणी इस बात का रूपक हो सकते हैं कि कैसे कामना-पूर्ति के आवेग में आलिंगन के चमत्कार द्वारा इस तरह बहा लिए जाते हैं कि *मैं* और *तुम* का सारा बोध एक ऐसे एकत्व के भाव में खो जाता है जो न है और न ही हो सकता है। भाव-विभोर व्यक्ति जिसे एकत्व कहता है वह सम्बन्धात्मकता की उन्मादित गतिकी है; वह एकत्व नहीं है जो सांसारिक समय के इस क्षण में होता है—*मैं* और *तुम* का विलय—बल्कि स्वयं सम्बन्धात्मकता की गतिकी है जो इस सम्बन्ध के दो वाहकों के सम्मुख आ सकता है, यद्यपि वे दोनों एक-दूसरे के

सम्मुख अगतिशील बने रहते हैं और सम्मोहित की आँखें ढाँप लेते हैं। हम जो कुछ यहाँ पाते हैं वह सम्बन्ध की पार्श्ववर्ती अतिशयता है : अपनी जीवन्त एकता में स्वयं सम्बन्ध का अनुभव इतना भावपूर्ण होता है कि उसके सदस्य इस प्रक्रिया में निष्प्रभ हो जाते हैं : उसकी जीवन्तता इतनी प्रबल हो जाती है कि जिन *मैं* और *तुम* के बीच वह होता है, वे विस्मृत हो जाते हैं। ये ऐसी परिघटनाएँ हैं, जिन्हें हम उन पार्श्वों में पाते हैं, जहाँ वास्तविकता धुँधली हो जाती है, लेकिन हमारे लिए इयत्ता के पार्श्ववर्ती पेचीदा जालों से अधिक महत्त्वपूर्ण है। पृथ्वी पर दैनिक समय की वास्तविकता— मेपल की टहनी पर एक सूर्यकिरण और सनातन *तुम* का संकेत।

इसके विपरीत विलय के दूसरे सिद्धान्त का दावा है कि वास्तव में यह ब्रह्माण्ड और आत्म अभिन्न हैं और इसलिए कोई *तुम-कथन* किसी परम वास्तविकता को नहीं उपलब्ध करवा सकता।

इस दावे का प्रत्युत्तर सिद्धान्त में ही निहित है। एक उपनिषद् बताती है कि एक बार देवराज इन्द्र स्रष्टा आत्मा प्रजापति के पास यह जानने के लिए आये कि कैसे कोई आत्म को पा और पहचान सकता है। वह एक शताब्दी तक विद्यार्थी रहते हैं और अन्त में सतही ज्ञान पाने से पूर्व दो बार अपर्याप्त ज्ञान के साथ वापस भेज दिये जाते हैं। "जब कोई बिना किसी स्वप्न के गहनतम निद्रा में होता है, वही आत्म है—अविनाशी, असंशय, सर्वात्म।" इन्द्र चले जाते हैं लेकिन शीघ्र ही एक शंका उन्हें घेर लेती है। वह लौटते हैं और पूछते हैं : "उस अवस्था में, हे प्रभु, हम स्वयं को नहीं जानते कि "वह मैं हूँ"; न यही कि "वे अन्य प्राणी हैं"। हम शून्य हो जाते हैं। मुझे इसमें कोई लाभ नहीं दिखायी देता।" "हाँ, देवराज, निश्चय ही ऐसा ही है"—प्रजापति उत्तर देते हैं।

वास्तविक आत्म के बारे में इस सिद्धान्त में जो दावा किया गया है, उसके आधार पर हम इस जीवन में यह नहीं जान सकते कि वह सही है या नहीं; लेकिन यदि ऐसा हो तो भी एक बात है, जिसके साथ यह सिद्धान्त मेल नहीं खाता : साक्षात् वास्तविकता; और इसलिए यह बात इस सिद्धान्त को केवल एक भ्रान्तिपूर्ण जगत् के स्तर पर ले आती है। और वास्तविक आत्म में विलय के लिए यह सिद्धान्त जो निर्देश देता है, वे हमें किसी प्रत्यक्ष वास्तविकता में नहीं बल्कि शून्य में ले जाते हैं, जहाँ

कोई चेतना नहीं है, जहाँ कोई स्मृति नहीं रहती—और जो मनुष्य इस अवस्था से उभरता है वह अपने अनुभव को अद्धैत के सीमित शब्द के माध्यम से ही ज्ञापित कर सकता है, लेकिन उसे एकत्व के दावे का कोई अधिकार नहीं होता।

तथापि, हम अपनी वास्तविकता की उस पावन निधि की पवित्र देखरेख की ओर अभिमुख रहने का निश्चय कर चुके होते हैं, जो इस जीवन के लिए हमें प्रदत्त है—और कोई अन्य जीवन नहीं है जो सत्य के इससे अधिक निकट हो सकता हो। प्रत्यक्ष वास्तविकता में आत्म का कोई एकत्व नहीं है। वास्तविकता को केवल प्रभावी क्रियाशीलता में ही पाया जा सकता है; प्रथम की दृढ़ता और गहनता द्वितीय की दृढ़ता और गहनता में ही है। 'आन्तरिक' वास्तविकता भी केवल वहाँ है जहाँ पारस्परिकता है। दृढ़तम और गहनतम वास्तविकता वहाँ है जहाँ प्रत्येक चीज़ सक्रिय हो पाती है—बिना किसी अपवाद के सम्पूर्ण मानवता और सर्वसमावेशी ईश्वर; एकीकृत *मैं* और असीमित *तुम*।

एकीकृत *मैं* : क्योंकि (जैसा मैंने पूर्व में कहा है) आत्मा का एकीकरण प्रत्यक्ष वास्तविकता में घटित होता है—सभी शक्तियों का एक बीजकोष में एकाग्र होना, मनुष्य का निर्णायक क्षण। लेकिन उस विलय के विपरीत, इसमें वास्तविक व्यक्ति का अस्वीकार कहीं नहीं है। विलय केवल 'शुद्ध', सारभूत को ही सुरक्षित रखना चाहता है—स्थायित्व को—और अन्य सबकुछ को फेंक देता है; लेकिन जिस एकाग्रता की बात मैं कर रहा हूँ, वह हमारी नैसर्गिक प्रवृत्तियों को बहुत अशुद्ध, ऐन्द्रिक को बहुत बाह्य, या हमारी भावनाओं को बहुत उथली नहीं मानती—प्रत्येक चीज़ को सम्मिलित और संघटित किया जाता है। जिसकी आकांक्षा की जाती है, वह कोई अमूर्त आत्म नहीं बल्कि सम्पूर्ण, अक्षय मनुष्य होता है। एकाग्रता का यही लक्ष्य है और यही वास्तविकता है।

विलय का सिद्धान्त एक चैतन्य में व्याप्ति की माँग और वादा करता है, "वह, जिसने इस विश्व का चिन्तन किया", परिशुद्ध कर्ता। लेकिन प्रत्यक्ष वास्तविकता में किसी चिन्तनीय के बिना कोई चिन्तन नहीं करता; बल्कि चिन्तनीय पर ही चिन्तन निर्भर होता है। वह विषयी, जो विषय के अपने से ऊपर होने को अस्वीकार करता है, वह अपनी वास्तविकता को ही अस्वीकार कर देता है। एक चिन्तनशील कर्ता अपने में ही अस्तित्ववान

होता है—चिन्तन में एक चिन्तन के उत्पाद और वस्तु की तरह, एक ऐसी सीमित धारणा की तरह, जिसमें सभी कल्पनीय अन्तर्वस्तु का अभाव होता है; मृत्यु की पूर्वाभासी निश्चितता में भी जिसका रूपक वह गहन निद्रा हो सकती है जो किसी तरह कम अव्याप्य नहीं है; और अन्त में उस विलय की अवस्था वाले सिद्धान्त के दावों में जो ऐसी गहन निद्रा के सदृश और सारतः चेतना और स्मृति के बिना है। ये *वह-भाषा* के सर्वोच्च अतिरेक हैं। इस भाषा को अस्वीकार करने की उदात्त शक्ति का सम्मान करने के साथ ही उसे इस रूप में भी पहचानने की ज़रूरत है जो अधिक-से-अधिक एक सजीव अनुभव का लक्ष्य तो हो सकती है, पर जिसे जिया नहीं जा सकता।

''परिपूर्ण'' और पूर्णकर्ता बुद्ध कोई दावा नहीं करते। वह न तो यह दावा करते हैं कि एकत्व है, न यह कि एकत्व नहीं है; कि जिसने विलय के सारे सोपान पार कर लिए हैं वह मृत्यु के बाद एकत्व में रहेगा या उसमें नहीं रहेगा। इस नकार, इस ''महान् मौन'' को दो तरह से व्याख्यायित किया गया है। सिद्धान्ततः, क्योंकि पूर्णत्व को चिन्तन और दावों की कोटियों से परे कहा गया है। व्यवहारतः, क्योंकि ऐसे सत्यों के उद्‌घाटन से मुक्ति के लिए कोई सहायता नहीं मिलती। वास्तव में, दोनों व्याख्याएँ सह-सम्बन्धित हैं; जो मनुष्य को दावों की वस्तु की तरह लेता है, वह उसे वर्गीकरण में नीचे खींच लेता है, *वह-विश्व* के प्रतिपक्ष में—जिसमें कोई मुक्ति नहीं है। ''ओ भिक्षु, जब यह माना जाता है कि आत्मा और देह अभिन्न हैं, तो निर्वाण नहीं है; ओ भिक्षु, जब यह माना जाता है कि आत्मा और देह भिन्न हैं, तब भी निर्वाण नहीं है।'' सजीव वास्तविकता की ही तरह परिकल्पित रहस्य में भी न तो ''यह ऐसा है'' माना जा सकता है और न ''यह ऐसा नहीं है'', न तो अस्तित्व और न ही अनस्तित्व, बल्कि शायद 'ऐसा और अन्यथा', अस्तित्व और अनस्तित्व, अविच्छेद्य। अविच्छेद्य रहस्य का अविच्छेद्य साक्षात्—यह निर्वाण की प्राथमिक शर्त है। यह निश्चित है कि बुद्ध का सम्बन्ध उन्हीं से है जो इसको जानते हैं। सभी वास्तविक गुरुओं की तरह वह किसी दृष्टिकोण को नहीं बल्कि मार्ग को सिखाना चाहते हैं। वह केवल एक दावे का प्रतिरोध करते हैं, 'मूढ़ों' के दावे का जो कहते हैं कि कर्म नहीं है, क्रियाशीलता नहीं है, सामर्थ्य नहीं है : हम मार्ग पर जा सकते हैं। वह केवल एक दावा करने

का जोख़िम लेते हैं, निर्णायक दावा : "ओ भिक्षुओ, केवल अजात, अनस्तित्व, अस्रष्ट, अरूप है"; यदि वह नहीं होता तो कोई गन्तव्य नहीं होता; वह है, मार्ग का एक गन्तव्य है।

इतनी दूर तक हम बुद्ध का अनुकरण कर सकते हैं—अपने साक्षात् के प्रति निष्ठावान रहते हुए; इससे आगे जाना स्वयं अपने जीवन की वास्तविकता से विश्वासघात होगा। स्वयं अपनी गहराइयों से लाये गये सत्य और वास्तविकता से नहीं, लेकिन हमारे अन्दर अनुप्राणित और हमें आवंटित सत्य और वास्तविकता से हम जानते हैं : यदि वह कई गन्तव्यों में से एक है तो वह हमारा नहीं हो सकता; और यदि यही गन्तव्य है तो इसे ग़लत नाम दिया गया है। और : यदि यह कई गन्तव्यों में से एक है तो मार्ग वहाँ तक ले जा सकता है; यदि यही गन्तव्य है तो मार्ग केवल उसके समीपतर ले जा सकता है।

बुद्ध के लिए गन्तव्य था "दुख निरोध" जिसका तात्पर्य है जन्म और मृत्यु के दुख से, पुनर्जन्म के चक्र से मुक्ति। "अब से पुनर्भवन नहीं है"—उनका सूत्र यही हो सकता था, जिन्होंने स्वयं को अस्तित्व की आकांक्षा और इस प्रकार लगातार होते रहने की विवशता से मुक्त कर लिया था। हम नहीं जानते कि कोई "पुनर्भवन" है या नहीं; जिस काल में हम रहते हैं उसके इस आयाम की रेखा इस जीवन के परे नहीं जाती; और हम यह उद्घाटित करने का प्रयास नहीं करते कि स्वयं अपने काल और नियम में क्या अपने को हमारे सम्मुख उद्घाटित करेगा। लेकिन यदि हम जानते कि पुनर्भवन है तो हमें उससे बचने की कोशिश नहीं करनी चाहिये : हमें किसी अपक्व अस्तित्व की नहीं बल्कि प्रत्येक अस्तित्व में उसके उचित ढंग और भाषा में अपनी अभिव्यक्ति के अवसर की आकांक्षा करनी चाहिये—नश्वरता का सनातन *मैं* और अनश्वरता का सनातन *तुम*।

हम नहीं जानते कि बुद्ध मानवता को पुनर्भवन से मुक्ति के गन्तव्य की ओर ले जाते हैं अथवा नहीं। निश्चय ही वह एक मध्यवर्ती गन्तव्य तक ले जाते हैं जिससे हमारा भी सरोकार है : आत्मा का एकीकरण। लेकिन वह वहाँ केवल 'अभिमतों के जंगल' से ही नहीं, जो कि आवश्यक है, बल्कि "रूपों की भ्रान्ति" से भी दूर ले जाते हैं—जो हमारे लिए भ्रान्ति नहीं बल्कि विश्वसनीय जगत् है (प्रातिभ ज्ञान के समस्त विरोधाभासों

के बावजूद जो विषयिता को उत्पन्न करते हैं, लेकिन हमारे लिए बस उससे सम्बन्धित हैं)। उनका मार्ग भी कुछ चीज़ों की अवहेलना करता है और जब वह हमें निर्देश करते हैं तो हमारी देह की कुछ प्रक्रियाओं के प्रति सावधान रहते हैं, उनका तात्पर्य हमारी देह में ऐन्द्रिक-प्रामाणिक अन्तर्दृष्टि से बिल्कुल विपरीत होता है। न वह एकीकृत इयत्ता को उस सर्वोच्च *तुम-कथन* तक आगे ले जाते हैं जो उसके सम्मुख खुली है। उनका अन्तरतम निर्णय *तुम* कहने की योग्यता के अस्वीकार को लक्षित करता लगता है।

बुद्ध *तुम* कहना जानते हैं—यह अपने शिष्यों के साथ उनके अत्यन्त श्रेष्ठ, साथ ही अत्यन्त प्रत्यक्ष वार्तालाप से स्पष्ट है—लेकिन वह इसकी शिक्षा नहीं देते : इस प्रेम में, जिसका तात्पर्य "सम्पूर्ण तथता के हृदय में असीम समावेशन" है, इयत्ता का इयत्ता से प्रत्यक्ष साक्षात् अपरिचित ही रहता है। अपने मौन की गहराइयों में वह निश्चय ही, आद्य कारण के लिए *तुम-कथन* को जानते हैं—उन सभी 'देवताओं' को अतिक्रमित करते हुए जिन्हें वह अपने शिष्यों की तरह मानते हैं; यह एक सम्बन्ध-प्रक्रिया का परिणाम था जो सारतः उनके कर्म में फलित हुआ—स्पष्टतः *तुम* को एक प्रत्युत्तर के रूप में; लेकिन वह इसके बारे में मौन रहते हैं।

तथापि, उनके अनुकर्ता राष्ट्रों में महायान ने उन्हें गौरवपूर्ण ढंग से नकार दिया। उन्होंने बुद्ध के नाम का उपयोग करते हुए मनुष्य के सनातन *तुम* को सम्बोधित किया। और वे आश्वस्त हैं कि आगामी बुद्ध—अपने कल्प में अन्तिम—प्रेम को परिपूर्ण करेंगे।

विलय के सारे सिद्धान्त इस विराट भ्रम पर आधारित हैं कि मानव-आत्मा अपनी ओर वापस मुड़ती है—एक भ्रान्ति कि मनुष्य में आत्मा घटित होती है। वास्तव में, वह मनुष्य से घटित होती है—मनुष्य और उसके बीच जो वह नहीं है। क्योंकि अपने में वापस मुड़ती आत्मा इस बोध को त्याग देती है, सम्बन्ध के बोध को, उसे मनुष्य में वह खचित करना होता है जो मनुष्य नहीं है, उसे विश्व और ईश्वर का मनोवैज्ञानिकीकरण करना होता है। यह आत्मा की अतीन्द्रिय भ्रान्ति है।

"मित्रो, मैं घोषित करता हूँ", बुद्ध कहते हैं, "कि इस छह फुटी भावाक्रान्त भिक्षु देह में विश्व और विश्व की उत्पत्ति और विश्व का

विलोपन तथा विश्व के विलोपन के मार्ग का निवास है।''

सच है, लेकिन अन्ततः यह सच नहीं है।

●

निश्चय ही, यह विश्व मुझमें एक विचार की तरह निवास करता है, जैसे मैं इसमें एक वस्तु की तरह निवास करता हूँ। लेकिन, इसका अर्थ यह नहीं है कि वह मुझमें है, जैसे मैं उसमें नहीं हूँ। विश्व और मैं एक-दूसरे का पारस्परिक समावेशन करते हैं। विचार का यह विरोधाभास, जो *वह-विश्व* में अन्तर्विष्ट है, *तुम-सम्बन्ध* द्वारा निराकृत कर दिया जाता है जो मुझे इस विश्व से विलग कर देता है कि मैं उससे सम्बन्ध बना सकूँ।

मैं अपने आत्मबोध को, जिसे विश्व में शामिल नहीं किया जा सकता, अपने में धारण किये रहता हूँ। इयत्ता-बोध को, जिसे किसी विचार में शामिल नहीं किया जा सकता, विश्व अपने में लिए रहता है। लेकिन यह कोई विचारणीय ''आकांक्षा'' नहीं बल्कि विश्व की सम्पूर्ण वैश्विकता है, जैसे कि प्रथम कोई ''ज्ञाता कर्ता'' नहीं बल्कि *मैं* का सम्पूर्ण *मैं-त्व* है। इससे अधिक ''संक्षेपण'' यहाँ तर्कसंगत नहीं है : जो कोई परम एकत्वों का सम्मान नहीं करता, वह उस बोध को निष्फल कर देता है, जो धारणात्मक नहीं बल्कि केवल बोधगम्य है।

विश्व की उत्पत्ति और विनाश मुझमें नहीं है; न वे मुझसे बाहर हैं; वे हैं नहीं—सदैव घटित होते हैं और उनका घटित होना मुझसे, मेरे जीवन से, मेरे निर्णय से, मेरे कर्म से, मेरी सेवा से जुड़ा है और मुझ पर, मेरे जीवन पर, मेरे निर्णय पर, मेरे कर्म पर, मेरी सेवा पर निर्भर भी है। लेकिन वह मेरी आत्मा में उसकी ''अभिपुष्टि'' या ''निषेध'' पर निर्भर नहीं है, बल्कि इस पर निर्भर है कि मैं कैसे अपनी आत्मा की विश्व के प्रति अभिवृत्ति को जीवन देता हूँ, जीवन, जो विश्व को प्रभावित करता है, वास्तविक जीवन—और वास्तविक जीवन में आत्मा की भिन्न अभिवृत्तियों से निस्सृत मार्ग परस्पर एक-दूसरे को काट भी सकते हैं। अपनी अभिवृत्तियों का जीवन्त ''अनुभव'' करने तथा उन्हें अपनी आत्मा में रखने वाला सम्भव सीमा तक विचारशील हो सकता है, वह अवाक् है—और उसमें घटित होने वाले सारे खेल, कलाएँ, उत्तेजनाएँ, उत्साह और रहस्य विश्व की त्वचा का स्पर्श नहीं करते। जब तक कोई भी अपनी मुक्ति केवल

अपने में ही तलाश करता है, वह विश्व का *कुछ* भी अच्छा–बुरा नहीं कर सकता; उससे उसका सरोकार नहीं रहता। जो विश्व में विश्वास करता है, वही उससे सम्बन्ध जोड़ सकता है; और यदि वह अपने को सौंप देता है तो वह ईश्वरविहीन नहीं रह सकता। हमें वास्तविक विश्व से प्रेम करना है जो कभी नष्ट होने की इच्छा नहीं करता, लेकिन उसके सारे त्रास में उससे प्रेम और साथ ही अपनी आत्मा की बाँहों में उसका आलिंगन करने का साहस—और हमारे हाथ उसे आलिंगन करने वाले हाथों के सम्मुख।

मैं किसी ''संसार'' या ''सांसारिक जीवन'' से परिचित नहीं हूँ जो हमें ईश्वर से विलग करते हैं। जो कुछ निर्दिष्ट किया गया है वह एक विमुख *वह–विश्व* के साथ जीवन है, अनुभव और उपयोग का जीवन। जो कोई सच्चे मन से विश्व की ओर बढ़ता है, वह ईश्वर की ओर बढ़ता है। आवश्यकता है सत्य में एकाग्रता और अग्रसर होना, अनन्य और अन्य में जो अनन्य ही है।

ईश्वर आलिंगन करता है, लेकिन वह ब्रह्माण्ड नहीं है; इसी तरह ईश्वर आलिंगन करता है लेकिन वह मैं स्वयं नहीं होता। जिसे कहा नहीं जा सकता, उसे मैं अपनी भाषा में ही कह सकता हूँ, जैसे और सब अपनी भाषाओं में कह सकते हैं : *तुम*। इस कारण वहाँ *मैं* और *तुम* हैं, वहाँ संवाद है, वहाँ भाषा है, और आत्मा जिसकी आद्य कृति भाषा है और वहाँ अपनी सनातनता में शब्द है।

●

मनुष्य की ''धार्मिक'' स्थिति, वर्तमान में अस्तित्व उसके सारभूत और अविच्छेद्य समान्तरों से चिह्नित होती है। इन समान्तरों की अविच्छेद्यता ही उनका सार है। जो कोई प्रत्यय की अभिपुष्टि करता तथा प्रति–प्रत्यय का निषेध करता है, वह स्थिति के अभिप्राय का अतिक्रमण करता है। जो कोई दोनों के एकीकरण पर संश्लेषण के बारे में सोचने का प्रयास करता है, वह स्थिति के अभिप्राय को नष्ट कर देता है। जो कोई समान्तरों की सापेक्षिकता के लिए प्रयास करता है, वह स्थिति के अभिप्राय का निषेध करता है। जो कोई अपने जीवन से कम किन्हीं साधनों द्वारा समान्तरों के द्वन्द्व को सुलझाता है, वह स्थिति के अभिप्राय को भंग

करता है। स्थिति के अभिप्राय को उसके सभी समान्तरों में जिया जाना है—केवल जीना—और सदैव जीते रहना, सदैव नये सिरे से, अपूर्वानुमेय, किसी भी आशा अथवा आदेश के बिना।

धार्मिक और दार्शनिक समान्तरों की तुलना इसे स्पष्टतर कर देगी। काण्ट स्वतन्त्रता और अनिवार्यता के द्वन्द्व थे। वह द्वितीय को भौतिक जगत् तथा प्रथम को चेतना-विश्व को सौंपकर उनकी सापेक्षिकता स्थापित करते हैं ताकि दोनों अवस्थाएँ एक-दूसरी के विरोध में होने के बजाय साथ-साथ चल सकें, जैसा कि इन दोनों विश्वों के साथ है, जिनमें से प्रत्येक तर्कसंगत है। लेकिन स्वतन्त्रता और अनिवार्यता से मेरा तात्पर्य वैचारिक स्तर पर नहीं बल्कि वास्तविक है, जिसमें हम ईश्वर के समक्ष खड़े होते हैं; जब मैं जानता हूँ "मुझे समर्पित कर दिया गया है" और, साथ ही, यह भी जानता हूँ "वह मुझ पर निर्भर है", तब मैं उस विरोधाभास से बचने का कोई प्रयत्न नहीं करूँगा जिसमें मुझे दो परस्पर विरोधी प्रतिज्ञप्तियों को दो भिन्न क्षेत्रों को सौंपकर रहना है; न ही मैं किसी अवधारणात्मक समन्वय के लिए किसी धर्मशास्त्रीय युक्ति का सहारा ले सकता हूँ : मुझे इसे अपने ऊपर ही लेना होगा कि मैं एक में दोनों को जी सकूँ, और जिये गये दोनों एक हों।

●

पशु की आँखों में एक महान् भाषा का सामर्थ्य होता है। बिना ध्वनियों और भंगिमाओं की किसी भी प्रकार की सहायता के, स्वतन्त्र रूप से तथा केवल अपने दृष्टिपात से ही सर्वाधिक मुखरित, वे रहस्यों को अपनी प्राकृतिक क़ैद अथवा सम्भवन की व्यग्रता में अभिव्यक्त करती हैं। रहस्य की इस अवस्था का ज्ञान केवल पशु को ही होता है, अकेला वही उसे हमारे सम्मुख खोल सकता है—क्योंकि इस अवस्था को केवल खोला जा सकता है, उसका प्रकटन नहीं किया जा सकता। जिस भाषा में यह होता है वह कहती है : व्यग्रता—वानस्पतिक सुरक्षा और आध्यात्मिक जोख़िम के क्षेत्रों के बीच प्राणी की भावोत्तेजना। यह भाषा आत्मा के ब्रह्मण्डीय जोख़िम, मनुष्य के सम्मुख भाषा के समर्पण के पूर्व आत्मा की प्राथमिक समझ के अन्तर्गत प्रकृति की हकलाहट है। लेकिन कोई भी

भाषा कभी भी उसकी पुनरुक्ति नहीं कर सकेगी जिसे सम्प्रेषित करने का सामर्थ्य इस हकलाहट में है।

मैं कभी-कभार घरेलू बिल्ली की आँखों में देखता हूँ। पालतू पशु को किसी भी तरह हमसे वास्तव में "मुखरित" दृष्टिपात का उपहार नहीं मिला है, जैसा मानव-कल्पना कभी-कभी सोचती है; हमसे अपनी प्राथमिक स्वाभाविकता की क़ीमत पर उसे जो मिला है, वह है हम पशुओं की ओर उसका दृष्टिपात। इस प्रक्रिया में विस्मय और प्रश्न का कुछ सम्मिश्रण भी उसमें आ मिला है, उसकी भोर और उदय में—और वह अपनी सारी व्यग्रता के बावजूद उसकी प्रारम्भिक दृष्टि में पूर्णतः अनुपस्थित था। निस्सन्देह, इस बिल्ली ने अपना दृष्टिपात मेरे दृष्टिपात की साँसों से प्रज्वलित दृष्टिपात के साथ मुझसे प्रश्न के साथ शुरू किया था : "क्या तुम्हारे लिए मेरा कोई महत्त्व हो सकता है? क्या तुम वास्तव में चाहते हो कि मुझे तुम्हारे साथ केवल करतब नहीं करने चाहिये? क्या तुम्हें मुझसे कोई सरोकार है? क्या मैं तुम्हारे लिए हूँ? क्या मैं हूँ? यह तुम्हारी ओर से क्या हो रहा है? मेरे इर्द-गिर्द क्या है? यह क्या मेरे से सम्बन्धित है? वह क्या है?!" ("मैं" यहाँ मैं-हीन आत्मसन्दर्भ है, जिसका हमारे में अभाव है। "वह" सम्बन्ध बनाने की अपनी शक्ति की सम्पूर्ण वास्तविकता में मनुष्य के दृष्टिपात की बाढ़ का प्रतिनिधित्व करता है।) वहाँ पशु का दृष्टिपात, व्यग्रता की भाषा, वृहत् रूप से उदित और तत्काल अस्त हो गयी। मेरा दृष्टिपात, निश्चय ही दीर्घजीवी हुआ; लेकिन वह मानवीय दृष्टिपात की बाढ़ को नहीं बनाये रख सका।

सम्बन्ध-प्रक्रिया का प्रवर्तन करने वाली विश्व की धुरी की परिक्रमा में तत्काल उत्तरवर्ती द्वारा उसे निष्कर्ष तक पहुँचाया जाता है। अभी *वह-विश्व* ने पशु और मुझे घेर रखा है, तब एक दृष्टिपात द्वारा *तुम-विश्व* प्रकट होता है और अब उसका प्रकाश *वह-विश्व* में वापस डूब चुका है।

आत्मा के सूर्य के इस स्पष्टतः गोचर उदय और अस्त की भाषा के ही कारण मैं अतिलघु घटना का वर्णन कर पा रहा हूँ जो एकाधिक बार मेरे साथ घटी। किसी अन्य घटना ने मुझे अन्य प्राणियों से सम्बन्ध में क्षणभंगुर वास्तविकता, हमारी नियति के उदात्त विषाद, प्रत्येक *तुम* के *वह* में इस निर्दिष्ट पतन के प्रति इतनी गहराई से अभिज्ञ नहीं किया। सामान्यतः यद्यपि क्षणांश के लिए, दिन घटना के सवेरे और शाम को विलग करता

है; लेकिन यहाँ सवेरा और शाम निर्ममतापूर्वक विलयित हो गये, द्युतिमान सूर्य प्रकट हुआ और लोप हो गया : क्या एक दृष्टिपात भर के लिए *वह-विश्व* का बोझ पशु और मुझसे वास्तव में उतार दिया गया? मैं उसे अभी भी कम-से-कम याद कर सकता हूँ, जबकि पशु अपनी हकलाहट-भरी दृष्टि से अवाक् व्यग्रता में पुनः डूब गया है, लगभग स्मृतिविहीन।

वह-विश्व का सातत्य कितना शक्तिशाली है और *तुम* की अभिव्यक्तियाँ कितनी कोमल!

कितना कुछ है जो वस्तुत्व को कभी भी नहीं भेद पाता! ओ अभ्रकांश, तुम्हारा चिन्तन करते हुए ही मैं पहलेपहल समझ पाया कि *मैं* "मुझमें" कोई वस्तु नहीं है—फिर भी मैं केवल स्वयं में ही तुम्हारे साथ सम्बद्ध था; तुम्हारे और मेरे बीच नहीं बल्कि केवल मुझमें ही उस समय वह घटित हुआ था। लेकिन जब वस्तुओं में से कोई वस्तु उभरती है, कोई सजीव वस्तु, और मेरे लिए एक इयत्ता बन जाती है, मेरी ओर आती है, समीप और मुखर, तो कितनी अपरिहार्य संक्षिप्ति में वह मेरे लिए और कुछ नहीं बल्कि केवल *तुम* हो जाती है! अनिवार्यतः सम्बन्ध तो नहीं पर उसकी प्रत्यक्षता की वास्तविकता क्षीण हो जाती है। प्रेम स्वयं किसी प्रत्यक्ष सम्बन्ध में नहीं टिक पाता; वह वास्तविकता और अन्तर्हिति के प्रत्यावर्तन में टिकता है। विश्व में प्रत्येक *तुम* अपने स्वभाववश हमारे लिए एक वस्तु होने या कम-से-कम बार-बार वस्तुत्व में प्रवेश करने के लिए विवश है।

केवल एक सम्बन्ध, सर्वसमावेशी सम्बन्ध में अन्तर्हिति वास्तविकता होती है। केवल एक *तुम* सदैव बना रहता है—हमारे लिए *तुम* होने की अपनी प्रकृति के अनुसार। निश्चय ही, जो कोई ईश्वर को जानता है वही ईश्वर की अप्रत्यक्षता और एक त्रस्त हृदय की शुष्कता की यन्त्रणा को भी जानता है, लेकिन उपस्थिति के लोप को नहीं। केवल हम ही सदैव वहाँ नहीं होते।

'वीरा नोवा' का प्रेमी सामान्यतः *वह* और कभी-कभार *तुम* कहने में सही है। 'पैरेडिजो' का स्वप्नदृष्टा काव्यात्मक दबाव के कारण अविश्वसनीय है, जब वह 'वह एक' कहता है और वह जानता है। जब भी कोई ईश्वर के लिए *वह* और *वह (मानवेतर)* कहता है तो यह एक

रूपक से अधिक कभी नहीं है। लेकिन जब हम उसे *तुम* कहते हैं तो विश्व का अटूट सत्य मर्त्य अभिप्राय में शब्द हो गया होता है।

●

विश्व में प्रत्येक वास्तविक सम्बन्ध ऐकान्तिक होता है; कोई दूसरा उसकी ऐकान्तिकता के प्रतिकार के लिए उसमें प्रवेश करता है। केवल ईश्वर के साथ सम्बन्ध में ही अबाध ऐकान्तिकता और अबाध समावेशन एक होते हैं, जिसमें विश्व को सम्मिलित किया जाता है।

विश्व में प्रत्येक वास्तविक सम्बन्ध वैयक्तिकीकरण पर निर्भर होता है : वही उसका आनन्द है, क्योंकि इसी प्रकार जो भिन्न हैं उनका पारस्परिक अभिज्ञान स्वीकृति पाता है—और वह उसकी सीमा है क्योंकि इसी प्रकार पूर्ण अभिज्ञान और पूर्ण अभिज्ञात होने को अस्वीकार किया जाता है। लेकिन पूर्ण सम्बन्ध में मेरा *तुम* मेरे मैं को बिना *तुम* हुए अपने में समाविष्ट कर लेता है। मेरा सीमित अभिज्ञान एक असीम अभिज्ञात होने में विलय हो जाता है।

विश्व में प्रत्येक वास्तविक सम्बन्ध वास्तविकता और अन्तर्हिति के बीच प्रत्यावर्तन करता रहता है; प्रत्येक वैयक्तिक *तुम* को पुनः पंख उगाने के लिए *वह* की कोषावस्था में लुप्त हो जाना होता है। तथापि शुद्ध सम्बन्ध में अन्तर्हिति एक गहरी साँस लेती हुई वास्तविकता होती है जिसमें *तुम* उपस्थित रहता है। सनातन *तुम* अपनी प्रकृति में ही *तुम* है; केवल हमारी प्रकृति हमें उसे *वह-विश्व* और *वह-भाषा* में खींच ले जाने के लिए बाध्य करती है।

●

वह-विश्व दिक् और काल से संसक्त है।

तुम-विश्व दोनों में किसी से संसक्त नहीं है।

वह केन्द्र से संसक्त है जिसमें सम्बन्धों की विस्तरित रेखाएँ सनातन *तुम* में परस्पर काटती हैं।

शुद्ध सम्बन्ध के महासौभाग्य में *वह-विश्व* की सुविधाएँ विलोप हो जाती हैं। उसके कारण *तुम-विश्व* अनवरत रहता है : सम्बन्धों के एकाकी क्षण साहचर्य के विश्व-जीवन में सम्मिलित हो जाते हैं। उसके कारण

तुम-विश्व रूप की रचना करने की शक्ति पा लेता है : आत्मा *वह-विश्व* में व्याप्त होकर उसे रूपान्तरित कर सकती है। उसके कारण हम विश्व की विमुखता और *मैं* के अवास्तविकीकरण के लिए छोड़ नहीं दिये जाते, न हम मरीचिकाओं से पराभूत होते हैं। वापसी केन्द्र के, उसकी ओर पुनः आने के, अभिज्ञान की व्यंजना करती है। इस सारगर्भित कर्म में सम्बन्ध बनाने की मनुष्य की सुप्त शक्ति पुनर्जागृत होती है, सभी सम्बन्धात्मक क्षेत्रों की तरंग एक जीवन्त बाढ़ के रूप में उमड़ती और हमारे विश्व को पुनर्नवा करती है।

शायद केवल हमारा नहीं। हम धुँधले रूप में इस दोहरे कार्य-व्यापार को समझते हैं—आद्य भूमि से दूर हटना, जिसके कारण ब्रह्माण्ड अपने सम्भवन में स्वयं को सुरक्षित रख पाता है और आद्य भूमि की ओर मुड़ना, जिसके कारण ब्रह्माण्ड अपनी इयत्ता को पुनः प्राप्त कर पाता है—द्वित्व के एक पराब्रह्माण्डीय रूप में जो विश्व में उससे अपने सम्बन्ध में एक पूर्णता की तरह संसक्त रहती है, जो विश्व नहीं है, और जिसका मानवीय रूप अभिवृत्तियों, मूल शब्दों और विश्व के दो पहलुओं का द्वित्व है। दोनों कार्य-व्यापार काल में निर्दिष्ट रूप से खिलते और मुँद जाते हैं, जैसे कृपा के कारण कालातीत सृष्टि में अबूझे ही एक साथ मोचन और परीक्षण, एक साथ बन्धन और मुक्ति। आद्य रहस्य के विरोधाभास से द्वित्व का हमारा ज्ञान मौन में घटित हो जाता है।

●

सम्बन्ध के विश्व की निर्मिति तीन क्षेत्रों में होती है।

प्रथम : प्रकृति के साथ जीवन, जहाँ सम्बन्ध भाषा की दहलीज़ पर अटका रहता है।

द्वितीय : मनुष्यों के साथ जीवन, जहाँ वह भाषा में प्रविष्ट होता है।

तृतीय : आध्यात्मिक इयत्ताओं के साथ जीवन, जहाँ वह भाषा के अभाव में उसका सृजन करता है।

हर क्षेत्र में, हर सम्बन्ध में, प्रत्येक वस्तु के माध्यम से, जो हमारे लिए वर्तमान हो आती है, हम सनातन *तुम* के सिलसिले की ओर ताकते हैं; प्रत्येक में हम उसकी साँस महसूस करते हैं; प्रत्येक *तुम* में हम सनातन

तुम को सम्बोधित करते हैं—प्रत्येक क्षेत्र में उसके ढंग के अनुसार। सभी क्षेत्र उसमें समाविष्ट हैं, जबकि वह किसी में भी समाविष्ट नहीं है।

उन सबके माध्यम से एक ही उपस्थिति दीप्त होती है।

लेकिन हम प्रत्येक को उपस्थिति से अलग ले सकते हैं।

प्रकृति के साथ जीवन से हम "भौतिक" को ले सकते हैं, सुसंगति का विश्व; मनुष्यों के साथ जीवन से "मानसिक", भावात्मकता का विश्व; आध्यात्मिक इयत्ताओं के साथ जीवन से "बौद्धिक", तर्कसंगति का विश्व। लेकिन अब वे अपनी पारदर्शिता और इस प्रकार अभिप्राय से वंचित हो गये हैं; प्रत्येक प्रयोज्य और अन्धकारमय हो गया है तथा हम उसे चाहे कितने ही चमकीले नामों—ब्रह्माण्ड, प्रेम, परावाक्—से पुकारें, वह अन्धकारमय ही रहता है। वास्तव में मनुष्य के लिए ब्रह्माण्ड तभी है जब यह विश्व एक पवित्र अग्नि वाला एक घर हो पाता है, जहाँ वह आहुति देता है; प्रेम उसके लिए तभी है जब प्राणी उसके लिए सनातन की मूर्तियाँ हो पाते हैं और उनके साथ सामुदायिकता प्रकटन हो पाती है; और परावाक् उसके लिए केवल तभी है जब वह रहस्य को आत्मा के कार्यों और सेवाओं से सम्बोधित कर पाता है।

रूपों का अपेक्षित मौन, मानव-प्राणियों की प्रेम रूप भाषा, जीवों की मुखरित मूकता—ये सभी शब्द की उपस्थिति के प्रवेश द्वार हैं।

लेकिन पूर्ण साक्षात् को घटित होना होता है तो ये सभी द्वार वास्तविक जीवन के एक द्वार में एकीकृत हो जाते हैं, और तुम नहीं जानते कि तुम किस द्वार से प्रविष्ट हो गये हो।

●

इन तीन क्षेत्रों में एक विशिष्ट है : मनुष्यों के साथ जीवन। यहाँ भाषा एक क्रम-विन्यास के रूप में परिपूर्ण और कथन तथा प्रत्युत्तर हो जाती है। केवल यहीं भाषा में रूपायित होकर शब्द अपने प्रत्युत्तर का साक्षात् करता है। केवल यहीं मूल शब्द एक ही रूप में आवाजाही करता है; सम्बोधन और प्रत्युत्तर के रूप यहाँ एक ही वाणी में सजीव होते हैं; *मैं* और *तुम* केवल एक सम्बन्ध में ही नहीं, दृढ़ निष्ठा में भी होते हैं। सम्बन्ध के क्षण यहाँ उस भाषा के माध्यम से, जिसमें वे विलय हो गये

हैं, संयुक्त हो जाते हैं। यहाँ हमारे सम्मुख जो कुछ होता है, उसने *तुम* की पूर्ण वास्तविकता विकसित कर ली होती है। केवल यहीं प्रेक्षण और प्रेक्ष्य, अभिज्ञान और अभिज्ञात, प्रेमी और प्रिय एक ऐसी वास्तविकता में अस्तित्वमान होते हैं, जो कभी भी नहीं खो सकती।

यही वह मुख्य प्रवेश द्वार है जिसके खुलेपन की ओर दो पार्श्वद्वार ले जाते हैं।

''जब कोई मनुष्य अपनी पत्नी के साथ अन्तरंग होता है तो अनन्त पहाड़ियों की लालसा उनके आसपास महकती रहती है।''

मनुष्य से सम्बन्ध ईश्वर से सम्बन्ध का उपयुक्त रूपक है—क्योंकि यहाँ एक प्रामाणिक सम्बोधन को प्रामाणिक प्रत्युत्तर दिया जाता है। लेकिन, ईश्वर का प्रत्युत्तर सब कुछ, अखिल, अपने को भाषा के रूप में प्रकट करता है।

●

—लेकिन क्या एकान्त भी एक द्वार नहीं है? क्या कभी-कभी यह नहीं होता कि नीरव एकान्त में हम अप्रत्याशित रूप से प्रेक्षण करते हैं? क्या स्वयं के साथ मिलन रहस्यात्मक रूप से रहस्य के साथ मिलन में परिवर्तित नहीं हो सकता? निश्चय ही, क्या वही, जो किसी प्राणी से संलग्न नहीं है, अस्तित्व का साक्षात् करने के योग्य होता है? ''आओ, एकाकी एकाकी की ओर'', नवधर्मशास्त्री सिमिओम अपने ईश्वर को सम्बोधित करता है।

—दो प्रकार के एकाकीपन होते हैं—इस पर निर्भर कि वे किससे विमुख हुए हैं। यदि एकाकीपन का तात्पर्य चीज़ों के अनुभव और उपयोग से अपने को अलग कर लेना है तो ऐसे में उसे केवल सर्वोच्च के साथ ही नहीं बल्कि सम्बन्ध के किसी भी कर्म को उपलब्ध करना है। लेकिन यदि एकाकीपन का तात्पर्य सम्बन्ध की अनुपस्थिति है : यदि अन्य लोगों द्वारा हमें उन्हें सच्चा *तुम* कहने के बाद त्याग देना है, तो हमें ईश्वर द्वारा स्वीकार कर लिया जायेगा; लेकिन ऐसा नहीं हो सकेगा यदि स्वयं हमने अन्य मनुष्यों को त्याग दिया है। अन्य को उपयोग करने का लिप्सा से भरा हुआ मनुष्य ही उनसे संलग्न होता है; उपस्थिति के मनोबल में रहने वाला ही उनसे सम्बद्ध हो सकता है। अकेला यह परवर्ती ही ईश्वर

के लिए प्रस्तुत होता है, क्योंकि अकेला वही ईश्वर की वास्तविकता का मानवीय वास्तविकता के साथ साक्षात् करता है।

और इसी प्रकार दो तरह के एकाकीपन और भी हैं—इस पर निर्भर कि वे किस ओर मुड़ते हैं। यदि यह एकाकीपन शुद्धिकरण का ऐसा स्थान है, जिसकी ज़रूरत उस सम्बद्ध को भी पवित्रतम में प्रवेश से पूर्व अपनी अनिवारणीय विफलताओं और उत्थान के बीच अपनी परीक्षा की घड़ियों में भी होती है कि वह स्वयं को प्रमाणित कर सके—इसी तरह हम संघटित हैं। लेकिन यदि यह विलगाव का दुर्ग है, जहाँ मनुष्य उसके लिए, जो उसकी प्रतीक्षा कर रहा है, अपनी परीक्षा लेने तथा अपने को जीतने के लिए नहीं बल्कि अपनी आत्मा के रूपों का आनन्द लेने के लिए अपने से संवाद करता है—तो वह आत्मा का निरी आध्यात्मिकता में पतन है। और यह वास्तव में अथाह हो जाता है जब यह आत्मछल उस बिन्दु तक पहुँच जाता है, जहाँ वह सोचता है कि ईश्वर उसके अन्दर है और वह उससे बात करता है। लेकिन ईश्वर का हमें आलिंगन करना और हमारे में रहना उतना ही निश्चित है कि हम उसे कभी अपने में नहीं प्राप्त कर सकते। और हम उससे तभी कुछ कह पाते हैं जब हमारे अन्दर वाणी मात्र चुक जाती है।

●

एक आधुनिक दार्शनिक का मानना है कि मनुष्य अपनी आवश्यकता के कारण ईश्वर या किसी 'छायामूर्ति', अर्थात् किसी ससीम उत्तमता, जैसे उसका राष्ट्र, कला, शक्ति, ज्ञान, सम्पदा, ''स्त्रियों पर सदैव अधिकार''—में विश्वास करता ही है—किसी ऐसी उत्तमता में, जो उसके और ईश्वर के बीच अपनी जगह बनाती हुई उसके लिए एक परम मूल्य हो जाती है; और यदि कोई मनुष्य के सम्मुख इस उत्तमता की परिसीमा को सिद्ध कर देता और इस प्रकार मूर्तिभंजन कर देता है, तब विपथगामी धार्मिक कृत्य स्वयं ही अपने उपयुक्त लक्ष्य की ओर लौट जाता है।

इस विचार की पूर्वमान्यता यह है कि जिन ससीम उत्तमताओं की वह पूजा करता है, उनके साथ उसका सम्बन्ध सारतः वैसा ही होता है, जैसा ईश्वर के साथ उसका सम्बन्ध, मानो केवल पात्र अलग हों : ऐसे में केवल उपयुक्त पात्र का प्रतिस्थापन ग़लत दिशा में गये हुए मनुष्य को

बचा सकता है। लेकिन किसी मनुष्य का किसी 'विशिष्ट वस्तु' के साथ सम्बन्ध, जो शाश्वतता को किनारे धकेलते हुए उसके जीवन-मूल्यों के शीर्ष सिंहासन पर अनधिकार आरूढ़ हो गयी हो, सदैव एक *वह* के अनुभव और उपयोग के लिए निर्दिष्ट होता है—एक वस्तु, आनन्द का एक विषय। केवल इस प्रकार का सम्बन्ध ही अभेद्य *वह-विश्व* को बीच में रखकर ईश्वर की ओर दृष्टि को बाधित कर सकता है; *तुम* कहने वाला सम्बन्ध उसे सदैव ही पुनः खोल दे सकता है। जो कोई भी उस 'छायामूर्ति' के प्रभुत्व में है जिसे वह पाना और रखना चाहता है, अधिकार-लालसा से आविष्ट, वह केवल वापसी में ही ईश्वर का मार्ग पा सकता है, जिसमें न केवल लक्ष्य बल्कि कार्य-व्यापार में परिवर्तन भी सम्मिलित है। इस आविष्ट मनुष्य का केवल सम्बद्ध होने के उद्बोधन और शिक्षा से ही उपचार किया जा सकता है, उस के आवेश को ईश्वर की ओर उन्मुख करने से नहीं। यदि कोई मनुष्य आविष्ट अवस्था में ही रहता है तो इसका क्या अर्थ है कि वह किसी शैतान अथवा जो विकृत किया जाकर शैतान हो गया है, उसके नाम की जगह ईश्वर के नाम का आह्वान करता है? इसका तात्पर्य है कि वह ईशनिन्दा करता है। यह ईशनिन्दा ही है, जब कोई मनुष्य अपनी छायामूर्ति के वेदी के पीछे ढह जाने के उपरान्त अपवित्र वेदी पर एकत्रित अपवित्र आहुतियों का अर्पण ईश्वर को कर देता है।

जब एक मनुष्य किसी स्त्री को इसलिए प्रेम करता है कि उसके जीवन में उसकी उपस्थिति हो, तो उसकी आँखों का *तुम* उसे एक सनातन *तुम* की किरण को देखने की अनुमति दे देता है। लेकिन यदि एक मनुष्य "एक और विजय" के लिए कामातुर होता है—तुम उसकी कामातुरता के सम्मुख सनातन की एक मृगमरीचिका झुलाते हो। यदि कोई अमाप्य नियति द्वारा प्रज्वलित अग्नि में राष्ट्र की सेवा करता है—यदि कोई उसे अपने को समर्पित करने का इच्छुक है, उसका तात्पर्य ईश्वर है। लेकिन यदि राष्ट्र एक ऐसी छायामूर्ति है, जिसके वह सबकुछ अधीन भी कर देना चाहता है, क्योंकि उसकी छवि में वह अपनी छवि का ही गुणानुवाद करता है, तो क्या सोचते हैं कि आपको उसके लिए राष्ट्र को दूषित भर कर देना है और तब वह सत्य को देख लेगा? और यह मानने का क्या अर्थ है कि कोई धन के साथ, जो मूर्त असत्त्व है, इस तरह का भाव रखे

'मानो वह ईश्वर है?' लोभ और संग्रह तथा उपस्थित की उपस्थिति के आनन्द में क्या है जो उभयनिष्ठ हो सकता है? क्या धन-सम्पत्ति का ग़ुलाम धन को *तुम* कह सकता है? और यदि वह *तुम* कहना नहीं जानता तो उसके लिए ईश्वर हो ही क्या सकता है? वह दो मालिकों की सेवा नहीं कर सकता—बारी-बारी से भी नहीं; पहले उसे भिन्न तरीक़े से सेवा करना सीखना होगा।

जो कोई प्रतिस्थापन द्वारा धर्मान्तरित कर लिया गया है, उसके पास एक मृगमरीचिका है जिसे वह ईश्वर कहता है। तथापि ईश्वर, सनातन उपस्थिति का किसी की सम्पदा हो सकना सम्भव नहीं है। लानत है उन आविष्टों पर जो कल्पना करते हैं कि ईश्वर उनकी सम्पदा है।

●

लोग "धार्मिक मनुष्य" का ज़िक्र ऐसे मनुष्य के रूप में करते हैं, जिसने संसार और प्राणियों से सभी सम्बन्धों का त्याग कर दिया है, क्योंकि कथित रूप से बाह्य द्वारा निर्धारित सामाजिक अवस्था का अतिक्रमण उस शक्ति द्वारा कर लिया गया होता है, जो पूर्णतः आन्तरिक स्तर पर काम करती है। लेकिन जब लोग सामाजिक की अवधारणा का उपयोग करते हैं तो दो भिन्न विचार-भ्रम उत्पन्न करते हैं : सम्बन्ध से निर्मित समुदाय और मानव-इकाइयों का ऐसा संचय जिसमें उनका परस्पर कोई सम्बन्ध नहीं है—आधुनिक मनुष्य के सम्बन्ध के अभाव की सुस्पष्ट अभिव्यक्ति। समुदाय का कान्तिमान प्रासाद, जिसके लिए "सामाजिकता" तक की कालकोठरी से मुक्त हुआ जा सकता है, उसी शक्ति की कृति है जो मनुष्य और ईश्वर के बीच सम्बन्ध में जीवित है। लेकिन यह अन्य में से एक सम्बन्ध नहीं है; यह वह ब्रह्माण्डीय सम्बन्ध है, जिसमें सभी नदियाँ इसीलिए बिना सूखे बहती हैं। समुद्र और नदियाँ—कौन उन्हें विलग और सीमाबद्ध करने का साहस कर सकता है—वहाँ केवल *मैं* से *तुम* की ओर प्रवाहित बाढ़ है, और भी अनन्त, वास्तविक जीवन की अबाध बाढ़। कोई अपने जीवन को ईश्वर के साथ वास्तविक सम्बन्ध तथा संसार के साथ एक अवास्तविक *मैं-वह* सम्बन्ध में विभाजित नहीं कर सकता—सच्ची निष्ठापूर्वक ईश्वर से प्रार्थना और संसार का उपयोग। जो कोई संसार को उपयोगिता की वस्तु मानता है, वह ईश्वर को भी वैसा ही मानता है। उसकी प्रार्थनाएँ अपने बोझ को उतार फेंकने का एक

तरीक़ा है—शून्य के कानों में जा गिरने का तरीक़ा। वही ईश्वरविहीन है, न कि रात के अँधेरे और अपनी अटारी की खिड़की की उत्कण्ठा से अनाम को पुकारने वाला नास्तिक।

यह भी कहा गया है कि ''धार्मिक'' मनुष्य ईश्वर के सम्मुख अकेला, एकाकी और उस सीमा तक निर्लिप्त उपस्थित होता है, जिस सीमा तक वह उस ''नैतिक'' मनुष्य की अवस्था को पार कर चुका होता है, जो अभी भी संसार के प्रति कर्तव्य और दायित्व में रहता है। यह ''नैतिक'' मनुष्य अभी भी अपने सर पर अभिकर्ता का बोझ पूरी ज़िम्मेदारी से उठाये होता है क्योंकि वह ''है'' और ''होना चाहिये'' के बीच के तनाव से संकल्पित है तथा इन दोनों के बीच की अपूरणीय खाई में वह अपने हृदय को टुकड़ा-टुकड़ा बुरी तरह निराशापूर्ण बलिदानी साहस के साथ फेंकता रहता है। ''धार्मिक'' मनुष्य ईश्वर और संसार के बीच के इस तनाव से उबरा हुआ माना जाता है; उसके लिए आदेश यही है कि वह उत्तरदायित्व की बेचैनी और अपने से माँगें करना पीछे छोड़ दे; अब उसकी अपनी आकांक्षा के लिए कोई जगह नहीं है। वह सृष्टि-योजना में अपने स्थान को स्वीकार कर लेता है; प्रत्येक 'चाहिये' असीम अस्तित्व में विलय हो जाता है और अभी तक शेष रहे विश्व ने अपनी वैधता खो दी होती है; अभी भी उसे इसमें भाग तो लेना होता है, लेकिन सभी क्रियाशीलता की सारहीनता के परिप्रेक्ष्य में बिना किसी दायित्व-बोध के। इस प्रकार मनुष्य कल्पना करता है कि ईश्वर ने अपना संसार एक भ्रान्ति और अपना मनुष्य चरखी के चलाते रहने के लिए। निश्चय ही, जो भी उस आकृति के सम्मुख आता है, वह कर्तव्य और दायित्व से ऊपर उठ चुका है—लेकिन इसलिए नहीं कि वह संसार के परे चला गया है; बल्कि इसलिए कि वह संसार के वास्तव में समीप आ गया है। कर्तव्य और दायित्व परायों के लिए होते हैं : अपनों के लिए हम सहृदय और प्रेमपूर्ण होते हैं। जब मनुष्य उस आकृति के सम्मुख आता है तो यह विश्व प्रथम बार उसके आगे उपस्थिति की सम्पूर्णता में, सनातनता से दीप्त, उपस्थित होता है, और वह सभी इयत्ताओं की इयत्ता को *तुम* कह सकता है। अब ईश्वर और संसार में कोई तनाव नहीं बल्कि केवल एक ही वास्तविकता है। वह दायित्व से मुक्त नहीं है : नतीजों की खोज में लगे सीमित वृत्तान्त की पीड़ाओं को उसने अब अनन्त वृत्तान्त के संवेग

से प्रतिस्थापित कर लिया है—विश्व की सारी अनवेष्य गति, ईश्वर के सम्मुख हो पाने के पूर्व विश्व में गहरे समावेशन के लिए प्रेमपूर्ण दायित्व। नैतिक निर्णयों को उसने, निश्चय ही, सदा के लिए पीछे छोड़ दिया है : "बुरे" लोग अब उसको गहनतर उत्तरदायित्व के लिए सौंपे गये हैं, जिन्हें प्रेम की अधिक ज़रूरत है; लेकिन आजीवन उसे स्वत:प्रवृत्ति की गहराई से लेने हैं—हमेशा सही कर्म के पक्ष में शान्तिपूर्वक। इस प्रकार कर्म व्यर्थ नहीं है : वह साभिप्राय है, वह आदेशित है, वह आवश्यक है, वह सृष्टि से सम्बद्ध है; लेकिन यह कर्म अब अपने को विश्व पर आरोपित नहीं करता, वह उस पर निष्कर्म की तरह उपजता है।

●

सनातन क्या है : आद्य परिघटना, वर्तमान में उपस्थित, जिसे हम प्रकटन कहते हैं? वह सर्वोच्च साक्षात् के क्षण से मनुष्य का उदय होना है, जो अब वह नहीं रहा है जो प्रवेश के क्षण में था। साक्षात् का क्षण कोई "जीवन्त अनुभव" नहीं है जो ग्रहीता आत्मा में स्पन्दित होता और उसे अपने वृत्त में ले लेता है : मनुष्य के साथ कुछ घटित होता है। कभी वह एक झोंके का अहसास होता है और कभी एक दंगल का; कोई बात नहीं : कुछ घटित होता है। शुद्ध सम्बन्ध में से जो मनुष्य निकलता है उसकी इयत्ता में 'कुछ और' हो गया है, वहाँ कुछ नया उग आया है, जिसे वह पहले नहीं जानता था और उसकी उत्पत्ति के लिए उसके पास उपयुक्त शब्दों का अभाव है। विश्व की वैज्ञानिक अभिवृत्ति अन्तरालविहीन कार्य-कारण शृंखला की अपनी वैध आकांक्षा में इस नये को कहीं भी रख सकती है : लेकिन वास्तविकता के वास्तविक अभिप्राय से सरोकार रखने वाले हम लोगों के लिए अवचेतन या अन्य अतीन्द्रिय उपस्कर काम के नहीं हैं। दरअसल, हमने कुछ ऐसा पाया है जो पहले हमारे पास नहीं था, और कुछ इस तरह कि हम जानते हैं : वह हमें दिया गया है। बाइबिल की भाषा में : "जो ईश्वर की प्रतीक्षा में हैं वे उसके बदले सामर्थ्य पायेंगे।" वास्तविकता के लिए निष्ठावान नीत्शे अपने बयान में कहता है : "वह स्वीकार करता है, वह पूछता नहीं कि कौन देता है।"

मनुष्य ग्रहण करता है, और जो वह ग्रहण करता है वह कोई "वस्तु" नहीं बल्कि एक उपस्थिति होती है, सामर्थ्य के रूप में उपस्थिति। इस उपस्थिति और सामर्थ्य में तीन तत्त्व सम्मिलित होते हैं, जो विलग तो

नहीं होते पर उन्हें तीन के रूप में सोचा जा सकता है। प्रथम, वास्तविक पारस्परिकता, स्वीकार किये जाने, सम्बद्ध होने की सम्पूर्ण समृद्धि, जबकि कोई यह नहीं संकेत कर सकता कि वह किसके साथ सम्बद्ध था, न सम्बद्धता हमारे लिए जीवन को कुछ सरल बनाती है—वह जीवन को और अधिक वज़नी बना देती है, लेकिन अर्थवत्ता में वज़नी। और द्वितीय यह है : अर्थवत्ता की अनिर्वचनीय अभिपुष्टि। वह प्रतिश्रुत है। कुछ नहीं, अब कुछ भी अर्थहीन नहीं हो सकता। जीवन के अर्थ का सवाल मिट गया है। यदि वह हो भी तो उसे किसी उत्तर की कोई ज़रूरत नहीं है। आप नहीं जानते कि अर्थ का संकेत या परिभाषा कैसे हो सकती है, आपके पास उसके लिए कोई सूत्र या छवि नहीं है, और तब भी वह आपके लिए आपके किसी भी ऐन्द्रिक ज्ञान से अधिक निश्चित है। प्रकट और लुप्त होकर उसका हमसे क्या अभिप्राय है, वह हमसे क्या चाहता है? वह हमसे व्याख्यायित किये जाने की इच्छा नहीं रखता—क्योंकि उस योग्यता से हम वंचित हैं—केवल हमसे होना चाहता है। और तृतीय है : वह किसी "अन्य जीवन" की नहीं, बल्कि इसी जीवन की अर्थवत्ता है, किसी "परे" की नहीं, बल्कि हमारे इसी संसार की अर्थवत्ता और वह इसी जीवन और संसार में हमारे द्वारा प्रमाणित किया जाना चाहती है। अर्थवत्ता ग्रहण की जा सकती है लेकिन अनुभव नहीं की जा सकती; उसे अनुभव किया ही नहीं जा सकता, पर सम्पन्न किया जा सकता है; और यही वह हमसे चाहती है। प्रतिश्रुति मुझमें बन्द नहीं रहना चाहती, वह मुझसे विश्व में जनमना चाहती है। लेकिन जैसे स्वयं अर्थवत्ता को एक सार्वभौम रूप से वैध और सामान्यतः स्वीकार्य ज्ञान की तरह हस्तान्तरित या अभिव्यक्त नहीं किया जा सकता, उसी प्रकार उसकी प्रामाणिकता को भी किसी वैध 'चाहिये' की तरह सौंपा नहीं जा सकता; वह कोई सूत्र या शिलालेख नहीं है, जिसे किसी अन्य के सिर पर लादा जा सके। हमारे द्वारा ग्रहीत अर्थ की क्रियात्मक प्रामाणिकता प्रत्येक व्यक्ति द्वारा अपनी इयत्ता और अपने जीवन की अद्वितीयता में ही सम्भव हो सकती है। कोई भी सूत्र न तो हमें साक्षात् तक ले जा सकता और न वहाँ से ला सकता है। उस तक आने के लिए केवल उपस्थिति का स्वीकार अपेक्षित है, और एक नये अर्थ में उससे जाने के लिए भी। जैसे साक्षात् में प्रवेश के लिए हमारे होंठों पर केवल एक *तुम* होता है, उसी तरह उससे बाहर विश्व में आने के लिए भी।

जिसके सम्मुख हम रहते हैं, जिससे और जिसमें हम रहते हैं, वह रहस्य वैसे ही बना रहता है, जैसे वह था। वह हमारे लिए उपस्थित हो गया है और अपनी उपस्थिति के माध्यम से उसने अपने को हमारे लिए "मुक्ति" के रूप में परिचित कर दिया है; हम उसे "जान" चुके हैं, लेकिन हमारे पास वह ज्ञान नहीं है जो उसकी रहस्यात्मकता को घटा सके। हम ईश्वर के समीप हैं, लेकिन उसके रहस्य को सुलझाने, उसके प्रकटन के समीपतर नहीं। हम अन्य के पास अपनी प्राप्ति के साथ यह कहने नहीं जा सकते : इसे जानने की ज़रूरत है, यह किया जाना है। हम केवल जा सकते और क्रियान्वित प्रमाण रख सकते हैं। और यह भी वह नहीं है, जो हमें करना "चाहिये" : शायद हम अन्यथा कर ही नहीं सकते।

यही वह सनातन प्रकटन है जो यहाँ और अभी उपस्थित है। मैं न तो ऐसे किसी प्रकट को जानता हूँ, न ही विश्वास करता हूँ, जो अपने आद्य परिघटन में वैसा ही नहीं है। मैं ईश्वर द्वारा अपने नामकरण या स्वयं को मनुष्य के सम्मुख परिभाषित किये जाने में विश्वास नहीं करता। प्रकटन का शब्द है : मैं हूँ जो मैं हूँ। जो प्रकट होता है वह प्रकट होता है। जिसकी इयत्ता है वह है, और कुछ नहीं। सनातन सामर्थ्य का स्रोत प्रवहमान है, सनातन स्पर्श प्रतीक्षा में है, सनातन स्वर गूँजता है, और कुछ नहीं।

●

अपनी प्रकृति से ही सनातन *तुम* एक *वह* नहीं हो सकता; क्योंकि अपनी प्रकृति से ही उसे किसी माप या सीमा में नहीं रखा जा सकता, अमाप्य के माप और असीम की सीमा में भी नहीं; क्योंकि अपनी प्रकृति से ही उसे गुणों के एक समुच्चय के रूप में नहीं समझा जा सकता, गुणों के एक अनन्त समुच्चय के रूप में भी नहीं, जो अनुभवातीत हो चुका है; क्योंकि यह न तो विश्व में पाया जा सकता है, न उसके बाहर; क्योंकि उसका अनुभव नहीं किया जा सकता; क्योंकि उसे विचारा नहीं जा सकता; क्योंकि हम उसका उल्लंघन करते हैं, उसकी इयत्ता का उल्लंघन, जब हम कहते हैं : "मुझे विश्वास है कि वह है"—वह भी एक रूपक ही तो है, जबकि *तुम* रूपक नहीं है।

और फिर भी, हम सनातन *तुम* को एक *वह* में घटाते रहते हैं, एक वस्तु

में, हमारे स्वभाव के अनुसार, ईश्वर को एक वस्तु में। स्वेच्छाचारपूर्ण नहीं। एक वस्तु के रूप में ईश्वर का इतिहास, धर्म और उसके पार्श्ववर्ती रूपों के माध्यम से *ईश्वर-वस्तु* का मार्ग, उसके प्रदीपनों और तिरोभावों के माध्यम से, वे युग जब उसने जीवन का उत्कर्ष किया और जब पतन किया, सजीव ईश्वर से विलगाव तथा उसकी ओर वापसी, वर्तमान के कायान्तरण, रूपों में विजड़न, वस्तुकरण, अवधारणकरण, विलय और पुनर्नवता एक मार्ग हैं, सर्वोत्तम मार्ग हैं।

धर्मों का वर्गीकृत ज्ञान और अनुमानिक कर्म—वे कहाँ से आते हैं? प्रकटन की उपस्थिति और सामर्थ्य (क्योंकि वे सभी अनिवार्यतः किसी-न-किसी प्रकार के प्रकटन का आह्वान करते हैं—चाहे शाब्दिक, प्राकृतिक या अतीन्द्रिय—वे सभी, सच कहें तो, केवल प्रकट धर्म हैं), प्रकटन के माध्यम से मनुष्य को प्राप्त उपस्थिति और सामर्थ्य—वे कैसे एक 'वस्तु' बन जाते हैं?

इसके स्पष्टीकरण के दो स्तर हैं। लोक-प्रचलित अतीन्द्रिय स्तर में मनुष्य, इतिहास से अलग, केवल अपने पर विचार करता है। दूसरा स्तर दीक्षात्मक वास्तविक है, धर्म की आद्य परिघटना, जब हम उसे बाद में इतिहास में पुनः स्थित कर देते हैं। दोनों परस्पर सम्बद्ध हैं।

मनुष्य ईश्वर की आकांक्षा करता है; वह दिक्काल में निरन्तर ईश्वर की आकांक्षा करता है। वह अर्थवत्ता की अनिर्वचनीय अभिपुष्टि से सन्तुष्ट होना नहीं चाहता; वह उसे एक ऐसी वस्तु के रूप में देखना चाहता है, जिस पर वह अपने भाव व्यक्त कर सके और बार-बार व्यवहार कर सके—दिक्काल में एक अनवरत प्रवाह, जो हर जगह और हर क्षण उसके लिए जीवन का आश्वासन हो सके।

शुद्ध सम्बन्ध की जीवन की लय, वास्तविकता और अन्तर्हिति का प्रत्यावर्तन, जिसमें केवल सम्बन्ध का हमारा सामर्थ्य, आद्य उपस्थिति नहीं, क्षीण हो जाता है, निरन्तरता के लिए मनुष्य की प्यास को संतृप्त नहीं कर पाता। वह किसी ऐसी वस्तु के लिए तरसता है, जो काल में फैली हो, जो सावधि हो। इस प्रकार, ईश्वर आस्था की वस्तु हो जाता है। शुरू में, आस्था धार्मिक कर्मों में कालिक अन्तरालों को भरती है; धीरे-धीरे, वह इन कर्मों का स्थानापन्न हो जाती है। ध्यान के माध्यम से

अस्तित्व की नित नयी गति और अग्रगमन एक *वह* द्वारा प्रतिस्थापित कर दिया जाता है, जिसमें कोई आस्था रखता है। ईश्वर की सुदूरता और सामीप्य को जानने वाले युयुत्सु का सबकुछ के बावजूद विश्वास उस मुनाफ़ाखोर के आश्वासन में और अधिक रूपान्तरित हो जाता है कि उसके साथ कुछ नहीं हो सकता क्योंकि उसे उस एक में आस्था है, जो उसके साथ कुछ भी नहीं होने देगा।

शुद्ध सम्बन्ध की जीवन-संरचना, *तुम* के सम्मुख *मैं* का एकाकीपन, यह नियम कि मनुष्य, अपने सम्मुखीकरण में संसार को शामिल करते हुए भी, एक व्यक्ति के रूप में ईश्वर के साक्षात् के लिए अग्रसर हो सकता है—यह सब निरन्तरता के लिए मनुष्य की प्यास को नहीं बुझा पाता। वह दिक् में प्रसारित कुछ के लिए प्यासा है, ऐसे प्रतिनिधित्व के लिए, जिसमें आस्थावान लोगों का समुदाय अपने ईश्वर के साथ एक हो सके। इस प्रकार ईश्वर एक पन्थ की वस्तु हो जाता है। पन्थ भी शुरू में सम्बन्धात्मकता का ही पूरक होता है—जीवन्त प्रार्थना, महान् रूपंकर शक्ति के त्रिआयामी सन्दर्भ में प्रत्यक्ष *तुम-कथन* और उसे ऐन्द्रिक बोध से जोड़कर। और पन्थ भी, धीरे-धीरे, एक स्थानापन्न हो जाता है, क्योंकि अब सामुदायिक प्रार्थना व्यक्तिगत प्रार्थना की समर्थक नहीं रहती, बल्कि उसे एक ओर धकेल देती है; और सारभूत कर्म जबकि किन्हीं नियमों की अनुमति नहीं देते, अब वे नियमबद्ध उपासना उनका स्थान ले लेती है।

वास्तव में, दिक्काल नैरन्तर्य में शुद्ध सम्बन्ध केवल जीवन की सम्पूर्ण सामग्री में उसके मूर्तिमान होने से ही निर्मित हो सकता है। उसे रखा नहीं जाता, बल्कि क्रियान्वयन से सिद्ध किया जाता है; उसे केवल जीवन में प्रवाहित करके ही सम्पन्न किया जा सकता है। मनुष्य उसे प्रदत्त ईश्वर के साथ सम्बन्ध के साथ तभी न्याय कर सकता है, जब वह अपनी योग्यता के अनुसार प्रतिदिन हर क्षण ईश्वर का संसार में वास्तविकीकरण करे। यही निरन्तरता का प्रामाणिक आश्वासन है। प्रामाणिक कालिक आश्वासन यही है कि शुद्ध सम्बन्ध को मनुष्यों के *तुम* हो जाने, उनके *तुम* तक उत्कर्ष पा जाने से ही परिपूर्ण किया जा सकता है, ताकि पवित्र मूल शब्द उनके माध्यम से गुंजरित हो। इस प्रकार मानव जीवन का समय वास्तविकता की समृद्धि में रूपान्तरित हो जाता है; और यद्यपि मानव जीवन *वह-सम्बन्ध* को नहीं छोड़ सकता और न उसे छोड़ना ही

चाहिये, उसमें सम्बन्ध इतना व्याप्त हो जाता है कि उसे एक कान्तिमान और सर्वव्यापी निरन्तरता उपलब्ध हो जाती है। परम साक्षात् के क्षण अँधेरे में बिजली की कौंध मात्र नहीं बल्कि एक साफ़ तारों भरे आकाश में चन्द्रोदय की तरह होते हैं। और इस प्रकार त्रिआयामी निरन्तरता का प्रामाणिक आश्वासन इस बात में है कि अपने सच्चे *तुम* के प्रति मनुष्यों के सम्बन्ध, सभी *मैं-बिन्दुओं* से केन्द्र की ओर ले जाने वाले आरे होने के कारण, एक वृत्त की रचना करते हैं। परिधि, नहीं, समुदाय नहीं बल्कि आरे—केन्द्र से सर्वनिष्ठ सम्बन्ध प्रथम है। केवल वही एक समुदाय के प्रामाणिक अस्तित्व का आश्वासन है।

मुक्ति के सम्बन्धाभिमुख जीवन में काल का लंगर और एक सर्वनिष्ठ केन्द्र से एकीकृत समुदाय में दिक् की लंगर : जब ये दोनों होते और जब तक दोनों का नैरन्तर्य रहता है, केवल तभी कल्प की वैश्विक सामग्री से आत्मा द्वारा बोधगम्य अदृश्य वेदी के सब ओर एक मानव-ब्रह्माण्ड अस्तित्व में आता और बना रहता है।

मनुष्य को ईश्वर का साक्षात् इसलिए नहीं होता कि वह अब ईश्वर की सेवा में रहे बल्कि इसलिए होता है कि वह संसार में उसकी अर्थवत्ता को क्रियान्विति से प्रमाणित कर सके। सारा प्रकटन एक जीवन-लक्ष्य और एक प्रेषण है। लेकिन मनुष्य बार-बार वास्तविकीकरण से बचता और प्राकट्य-कर्ता की ओर वापस मुड़ जाता है : वह विश्व के बजाय ईश्वर की सेवा में लग जाता है। अब जबकि वह वापस मुड़ गया है, किसी भी तरह, कभी *तुम* का साक्षात् नहीं कर सकता; वह इतना ही कर सकता है कि वस्तुओं की दुनिया में एक दैवी *वह* रख दे, विश्वास कर ले कि वह ईश्वर को *वह* के रूप में जान और उसके बारे में चर्चा कर सकता है। कोई अहमोन्मत्त जैसे कुछ भी सीधे नहीं जीता, चाहे वह बोध हो या अनुराग, बल्कि अपने बोधगम्य या अनुरागी *मैं* पर विचार करता और इस प्रकार प्रक्रिया के सत्य को खो देता है, वैसे ही धर्मोन्मत्त (जो प्रसंगवश एक ही आत्मा में अहमोन्मत्त के साथ सभी प्रकार निबाह सकता है) प्राप्त उपहार को नहीं जी पाता बल्कि उसके स्थान पर दाता पर ही विचार करता रहता और इसमें दोनों को खो देता है।

जब तुम भेजे जाते हो, ईश्वर तुम्हारे लिए उपस्थिति होता है; जो भी उसके मिशन में होता है, ईश्वर सदैव उसके सम्मुख होता है : परिपूर्णता

जितनी निष्ठामय होती है, सामीप्य उतना ही मज़बूत और निरन्तर होता है। निश्चय ही, वह ईश्वर की सेवा में नहीं होता, लेकिन वह उसके साथ संवाद कर सकता है। दूसरी ओर, पीछे मुड़ना ईश्वर को एक वस्तु में बदल देता है। यह आद्य आधार की ओर मुड़ना आभासित होता है, लेकिन इसका सम्बन्ध, वास्तव में, विश्वगति के अस्वीकार से है, जैसे कि अपने मिशन को पूरा करने वालों का स्पष्ट अस्वीकार भी, वास्तव में विश्वगति का उसी ओर मुड़ना है।

ईश्वर के साथ सम्बन्ध के इतिहास में संसार की दो पराब्रह्माण्डीय गतियाँ—स्वयं उसी में उसके सत्त्व का विस्तार और (ईश्वर के साथ) सम्बन्ध की ओर वापसी अपना परम मानवीय रूप—उनके संघर्ष और समाधान, उनके मेल-मिलाप और विलगाव उपलब्ध करती हैं। इस वापसी में शब्द पृथ्वी पर जनमता है; अपने फैलाव में वह धर्म की कोषावस्था में प्रवेश करता है; एक नयी वापसी वह नये पंखों के साथ पुनर्जन्म लेता है।

यहाँ कोई स्वेच्छाचारिता सक्रिय नहीं है, यद्यपि *वह* की ओर गति कभी-कभी इतनी दूर जाती है कि वह पुनः *तुम* की ओर आने की गति को नियमित और कभी तो दम घोंटने का जोख़िम पैदा कर देती है।

—धर्मों द्वारा आहूत शक्तिशाली प्रकटन सारतः शान्त प्रकटन के समरूप ही होते हैं, जो हर कहीं और हर समय घटित होता रहता है। महान् समुदायों के प्रारम्भ पर, मानवीय काल के निर्णायक मोड़ों पर होने वाले प्रकटन भी आन्तरिक प्रकटन के सिवा और कुछ नहीं है। लेकिन प्रकटन अपने ग्रहीता के माध्यम से विश्व में प्रवाहित नहीं होता, मानो वह कोई सुरंग हो; वह उसे अपने को देता है, वह उसकी मूल तात्त्विकता को उसकी तथता में पकड़ता और उसमें मिलकर एक हो जाता है। वह मनुष्य जो "मुख" है, वह असंदिग्ध रूप से वही है, न कि कोई प्रवक्ता—कोई उपकरण नहीं बल्कि एक अंग, एक स्वायत्त शब्दायमान अंग; और शब्द करने का तात्पर्य है शब्द का रूपान्तरण।

लेकिन ऐतिहासिक युगों में एक गुणात्मक भेद है। पक्वता के ऐसे युग होते हैं जब नियन्त्रित और गड़ी हुई मानव-आत्मा का मूल तत्त्व इतने दबाव और तनाव के साथ भूमि के नीचे पक चुका होता है कि वह उसे स्पर्श करने वाले के स्पर्श की केवल प्रतीक्षा कर रहा होता है—और तब

फूट आता है। यह प्रकटन सम्पूर्ण पके तत्त्व को उसकी सारी तथता में पकड़ लेता, उसे पुनः ढालता और एक रूप गढ़ता है, विश्व में ईश्वर का एक नया रूप।

इतिहास की प्रक्रिया में, मानवीय तत्त्व के रूपान्तरणों में इस प्रकार विश्व और आत्मा के नये प्रदेश सदैव रूप में उन्नत किये जाते, ईश्वरीय रूप द्वारा बुलाये जाते हैं। हमेशा नये क्षेत्र ईश्वरीय साक्षात्कार के स्थान बनते हैं। यहाँ मनुष्य की अपनी शक्ति कारक नहीं होती, न यह कि ईश्वर उसमें से गुज़रता है; यह ईश्वरीय और मानवीय का सम्मिश्रण है। जिस किसी को प्रकटन में भेजा जाता है वह अपनी आँखों में ईश्वर की छवि साथ लाता है; यह कितना भी अति-संवेदी हो, वह अपनी आत्मा की आँखों में उसे साथ लाता है—किसी रूपकात्मकता में नहीं, बल्कि अपनी आत्मा की पूर्णतः वास्तविक दृश्य-शक्ति में। आत्मा भी अवलोकन से प्रत्युत्तर देती है, रूपदाता अवलोकन से। यद्यपि पृथ्वी पर हम ईश्वर को कभी विश्व के बिना नहीं बल्कि विश्व को ईश्वर में देखते हैं—देखने से हम ईश्वर का सनातन रूप रचते हैं।

रूप भी *तुम* और *वह* का सम्मिश्रण है। आस्था और पन्थ में वह एक वस्तु में जड़ हो जाता है; लेकिन अपने में जीवित सम्बन्ध के भावार्थ से वह हमेशा पुनः उपस्थित हो जाता है। ईश्वर अपने रूपों के तब तक समीप रहता है, जब तक मनुष्य उन्हें उससे दूर नहीं कर देता। सच्ची प्रार्थना में पन्थ और आस्था एक जीवन्त सम्बन्ध में मिल जाते और शुद्ध हो जाते हैं। धर्मों में सच्ची प्रार्थना का रहना उनके सच्चे जीवन को प्रमाणित करता है; जब तक वह उनमें रहती है, वे भी जीवित रहते हैं। धर्मों की अधोगति का तात्पर्य उनमें प्रार्थना की अधोगति होना है : वस्तुत्व के द्वारा उनकी सम्बन्धात्मक शक्ति गहनतम स्तरों पर गाड़ दी जाती है; अपनी सम्पूर्ण इयत्ता के साथ *तुम* कह पाना उनके लिए अधिकाधिक कठिन हो जाता है; और अन्ततः इस योग्यता को पुनः अर्जित करने के लिए मनुष्य को अनन्त के जोख़िम के लिए अपनी झूठी सुरक्षा को छोड़ना ही पड़ता है—समुदाय से विमुखता जिस पर वह परम एकान्त का महाव्योम नहीं, बल्कि मन्दिर का मेहराबदार गुम्बद ही देख पाता है। इस मनोभाव को बहुत ग़लत समझा जाता है, जब इसे 'आत्मवाद' की संज्ञा दी जाती है : उस मुख के समक्ष जीवन एकमात्र वास्तविकता

में जीवन है, एकमात्र सच्ची वास्तविकता; और जो मनुष्य आभासी, भ्रामक वास्तविकता द्वारा उसके सत्य को विकृत किये जाने से पूर्व उससे मुक्त होने के लिए बढ़ता है, वह सच्ची वास्तविकता में आश्रय चाहता है। आत्मवाद मनोविज्ञानीकरण है, जबकि वास्तविकतावाद ईश्वर का मूर्तिकरण है; एक भ्रामक लक्ष्य-बन्धन, दूसरा भ्रामक मुक्ति; दोनों वास्तविकता के मार्ग से हट जाते हैं, दोनों उसकी जगह एक स्थानापन्न चाहते हैं।

ईश्वर अपने रूपों के समीप होता है, यदि मनुष्य उन्हें उससे दूर न कर दे। लेकिन जब धर्म की प्रसार-गति वापसी के क्षण को नियन्त्रित करती और रूप को ईश्वर से दूर कर देती है तो रूप की आकृति निष्प्रभ हो जाती है, उसके होंठ मृत हो जाते हैं, उसके हाथ लटक जाते हैं, ईश्वर अब उसके बारे में कुछ नहीं जानता और उसकी वेदी के चारों ओर निर्मित मानवीय ब्रह्माण्ड ध्वस्त हो जाता है।

शब्द का विघटन हो गया है।

प्रकटन में शब्द उपस्थित होता है, रूप के जीवन में सक्रिय होता है, और मृत रूप के प्रदेश में मान्य हो जाता है।

इस प्रकार इतिहास में सनातन और सनातन उपस्थित शब्द का मार्ग और प्रतिमार्ग।

जीवन्त शब्द जिन युगों में प्रकट होता है, उनमें *मैं* और विश्व का सम्बन्ध पुनर्नवा हो जाता है। जिन युगों में सक्रिय और प्रभावी शब्द का प्राबल्य होता है, उनमें *मैं* और विश्व का मेल-मिलाप बना रहता है; जिन युगों में शब्द मान्य हो जाता है, उनमें विवास्तविकीकरण, *मैं* और विश्व का विलगाव, दुर्भाग्य का उदय घटित होता है—जब तक कि महान् थरथराहट घटित नहीं होती, अँधेरे में रुकी साँस, और भूमिकात्मक मौन।

लेकिन मार्ग वृत्त नहीं है। वह पथ है। प्रत्येक कल्प में दुर्भाग्य अधिक दमनात्मक होता जाता है और वापसी अधिक विस्फोटक। और ईश्वर-साक्षात्कार और भी समीपतर, वस्तुओं के बीच के क्षेत्र के समीपतर—हमारे बीच में छुपे क्षेत्रों के समीपतर। इतिहास सामीप्य का रहस्यात्मक मार्ग है। उसके रास्ते का प्रत्येक मोड़ हमें गहरी भ्रष्टता में ले जाता है और साथ ही साथ अधिक मूलगामी वापसी में भी। लेकिन घटना का ईश्वरीय पक्ष जिसके विश्व-पक्ष की संज्ञा वापसी मुक्ति की संज्ञा है।

अनुकथन

(१)

इस पुस्तक का पहला मसौदा तैयार करने के लिए (चालीस से भी अधिक वर्ष पूर्व) मैंने स्वयं को एक आन्तरिक विवशता से प्रेरित महसूस किया था। अपनी युवावस्था से ही जिस दिव्य-दर्शन से मैं आक्रान्त था, उसने अब तक सुसंगत स्पष्टता ले ली थी, जो साफ़तौर पर इतनी परावैयक्तिक थी कि शीघ्र ही मैं जान गया कि मुझे उसका साक्षी होना ही होगा। इस पुस्तक को उसके निश्चित रूप में लिखने के लिए उपयुक्त शब्द-योजना के अर्जन के कुछ समय बाद यह लगा कि काफ़ी कुछ जोड़े जाने की आवश्यकता है—लेकिन उसके अपने स्थान में, स्वतन्त्र रूप से। इसलिए कुछ लघु कृतियाँ सामने आयीं : मुझे इस कठिन दर्शन को उदाहरणों के माध्यम से और स्पष्ट करने के, आपत्तियों का निराकरण कर सुपरिष्कृत करने, तथा उन विचारों की आलोचना करने के अवसर मिले, जो मेरे लिए महत्त्वपूर्ण थे, किन्तु जिनमें ईश्वर के साथ सम्बन्ध के साथ अपने साथियों के साथ सम्बन्ध के गहरे साहचर्य का केन्द्रीय महत्त्व छूट गया था, जो मेरा सर्वाधिक सारभूत सरोकार है। अनन्तर, अन्य विचार-विमर्श भी जोड़े गये : मानवशास्त्रीय आधारों और समाजशास्त्रीय निहितार्थों के विमर्श। तथापि यह स्पष्ट था कि प्रत्येक बात सन्तोषप्रद रूप से स्पष्ट नहीं हुई है। बार-बार पाठक मुझसे पूछ चुके हैं कि यहाँ या वहाँ मेरा तात्पर्य क्या हो सकता है। काफ़ी समय तक मैं व्यक्तिगत रूप से उत्तर देता रहा, लेकिन धीरे-धीरे मुझे लगा कि मैं इन माँगों के साथ न्याय नहीं कर पाया, और मुझे इस संवादात्मक सम्बन्ध को केवल उन्हीं लोगों तक सीमित नहीं रखना चाहिये, जो बोलने का निर्णय करते हैं : शायद चुप रहने वालों में से भी कुछ सम्मान की पात्रता रखते हैं। इसलिए मैंने सार्वजनिक रूप से उत्तर देने का निश्चय किया—सर्वप्रथम कुछ वे सारभूत प्रश्न जो अन्तस्सम्बन्धित हैं।

(२)

पहले प्रश्न को उचित सुस्पष्टता के साथ इस तरह निरूपित किया जा सकता है : यह पुस्तक *मैं-तुम* सम्बन्ध को केवल अन्य मनुष्यों के साथ ही नहीं बल्कि मानवेतर प्राणियों और वस्तुओं के सन्दर्भ में भी रखती है; तब प्रथम और उत्तरवर्ती के बीच सारभूत भिन्नता को क्या संघटित करता है? अथवा और भी अधिक स्पष्टता से कहें तो : यदि *मैं-तुम* सम्बन्ध में एक पारस्परिकता है जो *मैं* और *तुम* दोनों को सम्मिलित करती है तो प्रकृति की किसी वस्तु के साथ सम्बन्ध को इस रूप में कैसे समझा जा सकता है? और भी अधिक तथ्यत: कहें : यदि हम मान लें कि प्रकृति के प्राणी और वस्तुएँ भी, जिन्हें हम अपने *तुम* के रूप में मिलते हैं, हमें किसी प्रकार की पारस्परिकता प्रदान करती भी हैं तो इस पारस्परिकता का चरित्र क्या है, और हमें उसे इस मूल संकल्पना पर लागू करने का अधिकार कैसे मिल जाता है?

स्पष्ट है कि इस प्रश्न का कोई अतिव्याप्तिपूर्ण उत्तर नहीं दिया जा सकता। प्रकृति को एक समग्र इकाई के रूप में लेने के बजाय, जैसा हम सामान्यत: करते हैं, हमें उसके भिन्न-भिन्न क्षेत्रों पर अलग-अलग विचार करने की ज़रूरत है। मनुष्य ने 'पालतु पशु' तैयार किये, और अब भी इस विचित्र करतब के लिए वह समर्थ है। वह पशुओं को अपने क्षेत्र में खींच लाता तथा उन्हें प्राथमिक तौर पर स्वयं उसे—एक अजनबी को—स्वीकार करने तथा उसके तरीक़ों से राज़ी होने के लिए तैयार करता है। वह उनसे अपने तरीक़ों और अपने सम्बोधन का आश्चर्यजनक प्रत्युत्तर प्राप्त करता है—और कुल मिलाकर यह प्रत्युत्तर जितना प्रभावशाली और प्रत्यक्ष होता है, उतना ही उसका सम्बन्ध एक प्रामाणिक *तुम-कथन* के लिए होता है। बालकों की तरह पशु भी कृत्रिम स्नेह के पार देख लेते हैं। लेकिन पालतू वृत्त के बाहर भी हम कभी-कभी मनुष्यों और पशुओं के बीच ऐसा ही सम्पर्क देखते हैं : कुछ मनुष्यों में अपने गहरे में कहीं पशुओं के साथ एक अन्तर्निहित सहभागिता होती है—अधिकांशत: उन मनुष्यों में जो अपने स्वभाव में किसी भी तरह 'पशु-वृत्ति' के नहीं बल्कि आध्यात्मिक होते हैं।

पशु, मनुष्यों की तरह, दोहरे नहीं होते : मूल शब्दों *मैं-तुम* और *मैं-वह*

का दोहरापन उनके लिए अज्ञात है, यद्यपि वे अन्य प्राणी की ओर आकर्षित हो सकते तथा उनका चिन्तन कर सकते हैं। हम कह सकते हैं कि दोहरापन उनमें अन्तर्हित है। पशुओं के लिए हमारे *तुम-कथन* के परिप्रेक्ष्य में हम इस क्षेत्र को पारस्परिकता की दहलीज़ कह सकते हैं।

प्रकृति के उन क्षेत्रों के साथ यह बिल्कुल भिन्न है, जिनमें पशुओं के साथ बाँटी जा सकने वाली स्वत:प्रवृत्ति का अभाव है। वनस्पति के बारे में हमारी यह धारणा है कि वह उसके प्रति हमारे रुख़ पर प्रतिक्रिया नहीं कर सकती, कि वह 'प्रत्युत्तर' नहीं दे सकती। लेकिन इसका तात्पर्य यह नहीं है कि इस क्षेत्र में हमें पारस्परिकता बिल्कुल भी नहीं मिलती। यहाँ हम एक इकाई की संस्थिति की क्रिया नहीं बल्कि उस इकाई की अपनी पारस्परिकता पाते हैं—एक पारस्परिकता जो एक इकाई के सिवा कुछ नहीं है। एक पेड़ की जीवन्त सम्पूर्णता और एकत्व उस व्यक्ति की आँख के समक्ष प्रकट नहीं होते, जो केवल उसकी छानबीन करती है, जबकि वह उनके समक्ष अभिव्यक्त है जो *तुम* कहते हैं, वह उपस्थित है जब वे उपस्थित हैं : वे पेड़ को अपने को अभिव्यक्त करने का अवसर प्रदान करते हैं और अब पेड़ अपने सत्त्व को अभिव्यक्त करता है। हमारे सोचने की आदतें हमारे लिए यह देख पाना मुश्किल कर देती हैं कि ऐसे मामलों में हमारी अभिवृत्ति से कुछ जाग्रत होता और उस सत्त्वान से हमारी ओर दीप्त होता है। इस क्षेत्र में महत्त्वपूर्ण यह है कि हमें अपने सम्मुख उद्घाटित वास्तविकता के साथ उदार मन से न्याय करना चाहिये। पत्थरों से नक्षत्रों तक के इस विशाल क्षेत्र को मैं पूर्व-दहलीज़ कहना पसन्द करूँगा अर्थात् वह पायदान जो दहलीज़ से पहले होता है।

(३)

अब हम उस क्षेत्र के प्रश्नों की ओर आते हैं जिन्हें उसी बिम्ब का निर्वाह करें तो ''ऊपरी दहलीज़'' कहा जा सकता है, अर्थात् दहलीज़ की चौखट का ऊपरी हिस्सा : आत्मा का क्षेत्र।

यहाँ भी हमें दो क्षेत्रों को अलग करना होगा, लेकिन यह भेद प्रकृति में भेद से अधिक गहरा है। एक ओर वह आत्मा है जो विश्व में प्रवेश कर

चुकी है और अब उसमें हमारी इन्द्रियों के माध्यम से गोचर की जा सकती है; दूसरी ओर वह आत्मा जिसने विश्व में प्रवेश नहीं किया है लेकिन करने के लिए प्रस्तुत है और हमारे लिए वर्तमान हो गयी है। यह भेद जिस तथ्य पर टिका है उसे कमोबेश मैं दिखा सकता हूँ, मेरे पाठक, आध्यात्मिक रूप जो विश्व में प्रवेश कर चुके हैं, लेकिन अन्य नहीं। वे आध्यात्मिक रूप जो हमारे सामान्य संसार में सदैव उपलब्ध हैं, किसी वस्तु या प्राकृतिक प्राणी से बिल्कुल कम नहीं, उन्हें मैं तुम्हें ऐसे रूप में बता सकता हूँ जो वास्तव में या सम्भावित रूप में तुम्हारे लिए सुलभ हैं। लेकिन जिन्होंने अभी विश्व में प्रवेश नहीं किया है, उन्हें मैं तुम्हें नहीं बता सकता। अगर इस सीमान्त मामले में मुझसे पूछा जाता है कि पारस्परिकता कहाँ पायी जा सकती है, तो मैं केवल परोक्षतः ही मानव-जीवन में मुश्किल से वर्णनीय कुछ घटनाओं का ज़िक्र कर सकता हूँ जहाँ आत्मा का साक्षात् हुआ; और यदि यह परोक्ष प्रक्रिया अपर्याप्त सिद्ध हो तो मेरे पास अन्त में इसके सिवा कुछ नहीं बचता कि मैं तुम्हारे अपने रहस्यों के साक्ष्य के लिए निवेदन करूँ जो किसी मलबे के नीचे गड़े हो सकते हैं, लेकिन अनुमानतः अभी भी तुम्हें सुलभ हैं।

अब हमें प्रथम क्षेत्र, जो ''सदैव सुलभ'' है, की ओर लौटना चाहिये। यहाँ उदाहरणों का उल्लेख करना सम्भव है।

इस क्षेत्र के बारे में जिज्ञासा करने वालों को उस गुरु के पारम्परिक कथन का स्मरण करना चाहिये, जो सहस्रों वर्ष पूर्व देहत्याग कर चुका है। उन्हें इस कथन को अपने कानों से इस प्रकार सुनने की अधिकतम सम्भव कोशिश करनी चाहिये मानो वक्ता ने यह उनके अपने कानों में उन्हें सम्बोधित करते हुए कहा हो। इस छोर पर उन्हें अपने पूरे सत्त्व के साथ वक्ता की ओर ध्यान देना चाहिये, जो अब पास में नहीं है, लेकिन कथन का वक्ता पास में है। दूसरे शब्दों में, उन्हें उस गुरु को अंगीकार करना है जो मृत है, लेकिन अभी भी उस अभिवृत्ति को जी रहा है, जिसे मैं *तुम-कथन* कहता हूँ। यदि वे सफल होते हैं (केवल आकांक्षा और प्रयास पर्याप्त नहीं हैं; लेकिन कभी-कभी प्रयत्न किये जा सकते हैं) तो वे एक आवाज़ सुनेंगे, शायद शुरू में अस्पष्ट, जो उस आवाज़ से अभिन्न है, जो उसी गुरु के अन्य प्रामाणिक कथनों के माध्यम से उन्हें सम्बोधित करती है। अब वे वह सब करने में समर्थ नहीं होंगे जो वे अब तक

कथन को एक वस्तु मानकर करते आ रहे थे : वे वस्तु और लय को अलग कर पाने में समर्थ नहीं होंगे; वे केवल किसी कथन की अविभाज्य समग्रता को ग्रहण करेंगे।

लेकिन हम यहाँ अभी भी एक व्यक्ति और एक व्यक्ति की उसके शब्दों में अभिव्यक्ति की ही बात कर रहे हैं। मेरे मन में जो है वह, लेकिन शब्दों में किसी वैयक्तिक अस्तित्व की अनवरत उपस्थिति तक सीमित नहीं है। इसलिए मुझे अपने बयान के पूरक रूप में ऐसे उदाहरण का उल्लेख करना चाहिये जिसमें कुछ भी वैयक्तिक न हो। सदैव की तरह मैं ऐसा उदाहरण चुनता हूँ जो कम से कम कुछ लोगों की सुस्वस्थ स्मृति से जुड़ा है। डोरिक स्तम्भ को लीजिये, जहाँ कहीं भी वह उस मनुष्य के सामने होता है जो उसकी ओर मुड़ने के लिए योग्य और प्रस्तुत है। उससे मेरा सामना पहली बार सिराक्यूज़ के एक चर्च की दीवार के बाहर हुआ, जिसमें उसको संस्थापित कर दिया गया था : गुप्त आद्य अनुपात अपने को ऐसे सरल रूप में प्रकट कर रहा था, जिसमें कुछ भी वैयक्तिक देखा या अनुभव नहीं किया जा सकता था। जो पाया जाना था, वह पाने के योग्य मैं था : इस आध्यात्मिक रूप के सामने होने और बनाये रखने में जो कुछ मनुष्य के मन और हाथों से गुज़रा और मूर्त हो गया। क्या यहाँ पारस्परिकता की धारणा का लोप हो जाता है ? वह केवल अपने पीछे के अँधेरे में विलय हो जाती है—या वह किसी भी तरह की धारणात्मकता को पूर्णतया ख़ारिज करती हुई एक मूर्त अवस्था में रूपान्तरित हो जाती है, उज्ज्वल और विश्वसनीय।

यहाँ से हम उस दूसरे क्षेत्र में भी देख सकते हैं जिससे 'जो सुलभ नहीं है' का सम्बन्ध है, 'आध्यात्मिक इयत्ताओं के साथ सम्पर्क', शब्द और रूप का उद्‌गम।

आत्मा शब्द हो जाती है, आत्मा रूप हो जाती है—जो कोई भी आत्मा से छू लिया गया है और जिसने अपने को बन्द नहीं कर लिया है वह मूल तथ्य को कुछ सीमा तक जानता है : दोनों में से कोई भी बिना बुआई के मानवीय विश्व में अंकुरित और विकसित नहीं होता; दोनों अन्य के साथ मिलन से ही उत्पन्न होते हैं। अफ़लातूनी विचारों से नहीं (जिनके बारे में मुझे कोई प्रत्यक्ष ज्ञान नहीं है और मैं नहीं समझ पाता कि उनमें कोई सत्त्व है), बल्कि आत्मा से मिलन जो हमारे सब ओर बहती और हमें

प्रेरित करती है। यहाँ फिर मुझे नीत्शे की विचित्र स्वीकारोक्ति का स्मरण हो आता है, जिसने यह कहकर प्रेरणा की प्रक्रिया को परिभाषित कर दिया कि कोई बिना यह पूछे स्वीकार करता है कि किसने दिया है। यह हो सकता है—पूछता नहीं, लेकिन कृतज्ञता व्यक्त करता है।

आत्मा की गमक को जानने वाले अतिचार करते हैं, यदि वे आत्मा पर नियन्त्रण करना या उसकी प्रकृति का निर्धारण करना चाहते हैं। लेकिन वे निष्ठाहीन भी हैं, यदि वे इस उपहार का श्रेय अपने को देते हैं।

(४)

हम एक बार फिर उस पर विचार करें जो यहाँ प्राकृतिक और आध्यात्मिक के साक्षात् के बारे में कहा गया है।

इस बिन्दु पर यह सवाल किया जा सकता है कि क्या हमें उस "प्रत्युत्तर" या "सम्बोधन" के बारे में बात करने का कोई अधिकार है, जिनका सम्बन्ध उस क्षेत्र से बाहर से है, जिसे हम स्वेच्छा-प्रवृत्ति और चेतना का श्रेय देते हैं, मानो उनके "प्रत्युत्तर" या "सम्बोधन" उस मानवीय विश्व के समान हों, जिसमें हम रहते हैं। यहाँ जो कुछ कहा गया है, उसकी रूपक के "वैयक्तिकीकरण" के सिवा कोई वैधता है? क्या हम एक समस्यात्मक "रहस्यवाद" के ख़तरों का जोख़िम नहीं ले रहे हैं जो तर्कसंगत ज्ञान द्वारा खींची गयी सीमा रेखाओं को, जिन्हें अनिवार्यत: खींचा जाना है, धुँधला कर देता है?

मैं-तुम सम्बन्ध की स्पष्ट और मज़बूत संरचना, जो एक निष्कपट हृदय और उस पर दाँव रखने वाले किसी की जानी-पहचानी है, रहस्यात्मक नहीं है। उसे समझने के लिए हमें अपने विचार की आदतों से कभी बाहर आना होता है, लेकिन उन आद्य मानकों से बाहर नहीं, जो वास्तविक के बारे में मनुष्य के विचारों का निर्धारण करते हैं। प्रकृति और आत्मा दोनों के ही क्षेत्रों में—वह आत्मा जो कथनों और कृतियों में जीवित रहती है और वह जो कथन और कृति हो जाना चाहती है। हम पर जो क्रिया होती है उसे किसी सत्त्व की क्रिया के रूप में समझा जाना चाहिये।

(५)

अगला सवाल पारस्परिकता की दहलीज़, पूर्व-दहलीज़ और उपरि-दहलीज़ से नहीं बल्कि अस्तित्व में प्रवेश-द्वार के रूप में स्वयं पारस्परिकता से सम्बन्धित है।

लोग पूछते हैं : मनुष्यों के बीच *मैं-तुम* सम्बन्ध के बारे में क्या? क्या वह सदैव पूर्णतः पारस्परिक होता है? क्या यह वैसी हो सकती है, क्या उसे वैसी होने की अनुमति है? क्या वह भी अन्य मानवीय बातों की तरह हमारी अपर्याप्तता की सीमाओं से प्रभावित नहीं होती और क्या वह हमारे जीवन को मिलकर शासित करने वाले नियमों के कारण और भी सीमित नहीं हो जाती?

इन दो बाधाओं में से प्रथम निश्चय ही पर्याप्त परिचित है। प्रत्येक चीज़, अपने उस ''पड़ोसी'' की आँखों में झाँकने के दैनन्दिन अनुभव से लेकर, जिसे तुम्हारी ज़रूरत होती ही है पर जो एक अजनबी की तरह तटस्थ विस्मय के साथ प्रत्युत्तर देता है, उन पावन लोगों के विषाद तक, जिन्होंने बार-बार व्यर्थ ही महान् उपहार दिया—प्रत्येक बात तुम्हें बताती है कि मनुष्यों के जीवन में एक-दूसरे के साथ पूर्ण पारस्परिकता अन्तर्निहित नहीं है। वह कृपा का एक रूप है, जिसके लिए सदैव प्रस्तुत रहना चाहिये लेकिन जिस पर सदैव भरोसा नहीं किया जाना चाहिये।

तथापि, ऐसे कई *मैं-तुम* सम्बन्ध होते हैं जो अपनी प्रकृति से ही कभी पूर्ण पारस्परिकता में प्रकट नहीं होते, यदि उन्हें अपनी प्रकृति के प्रति निष्ठावान रहना हो।

मैंने अन्यत्र कहीं प्रामाणिक शिक्षक-शिष्य सम्बन्ध का चरित्र इस प्रकार का बताया है। जो शिक्षक अपने शिष्य को उसकी श्रेष्ठ सम्भावनाओं की सिद्धि में सहायता करना चाहता है, उसे शिष्य को ऐसे ही विशिष्ट व्यक्ति के रूप में लेना चाहिये—उसकी और उसकी वास्तविकता दोनों में। और स्पष्ट कहें तो उसे अपने शिष्य को केवल गुणों, आकांक्षाओं और अन्तर्बाधाओं के कुल योग के रूप में नहीं समझना चाहिये; उसे उसको एक सम्पूर्ण के रूप में समझना और स्वीकार करना होगा। लेकिन वह ऐसा एक द्विध्रुवीय स्थिति में सहभागी के रूप में उससे मिलकर ही

हो सकता है। और अपने प्रभाव को एकत्व तथा अर्थवत्ता देने के लिए उसे उसके सभी पहलुओं में जीना होगा—केवल अपने दृष्टिकोण के अनुसार नहीं, बल्कि अपने सहभागी के दृष्टिकोण के अनुसार भी। उसे सिद्धि के उस प्रकार के लिए प्रयास करना चाहिये, जिसे मैं समावेश कहता हूँ। सारभूत यह है कि उसे अपने शिष्य में भी *मैं-तुम* सम्बन्ध को जागृत करना होगा, जो अपने शिक्षक को ऐसे ही विशिष्ट व्यक्ति के रूप में चाहे और उसे स्वीकार करे; और फिर भी शैक्षिक सम्बन्ध नहीं बना रह सकता, यदि शिष्य शिक्षक के दृष्टिकोण से इस सहभागिता में रहकर समावेशन की कला का अभ्यास करता है। *मैं-तुम* सम्बन्ध का अन्त हो जाता है या वह मित्रता का एक अलग चरित्र ग्रहण कर लेता है, यह स्पष्ट हो जाता है कि विशेष रूप से शैक्षिक सम्बन्ध पूर्ण पारस्परिकता से असंगत है।

पारस्परिकता की मानक सीमाओं का एक अन्य और समान रूप से शिक्षाप्रद उदाहरण एक प्रामाणिक मन:चिकित्सक और उसके रोगी के सम्बन्धों में पाया जा सकता है। यदि वह अपने रोगी का ''विश्लेषण'' करके सन्तुष्ट है—अर्थात् उसके लघु ब्रह्माण्ड के अचेतन कारकों को प्रकाश में लाना और एक चेतन परियोजना में इन ऊर्जाओं को काम में लेना, जो प्रकट होने से रूपान्तरित हो गयी हैं—तो वह सफलतापूर्वक कुछ सुधार कर सकता है। अधिक से अधिक वह अपनी संरचना में दुर्बल असंगत आत्मा को कुछ एकाग्रता और व्यवस्था पाने में सहायता कर सकता है। लेकिन वह अपने वास्तविक कार्य, एक अवरुद्ध वैयक्तिक केन्द्र के पुनरुज्जीवन, से छुटकारा नहीं पा सकता। यह केवल उसी से सम्भव हो सकता है, जो एक चिकित्सक की गहन दृष्टि से पीड़ित आत्मा के दबे हुए, अन्तर्हित एकत्व को जान लेता है, जो किसी वस्तु के पर्यवेक्षण और अन्वेषण के माध्यम से नहीं बल्कि केवल एक सहभागी के रूप में व्यक्ति-व्यक्ति सम्बन्ध में प्रवेश करने पर ही सम्भव है। एक नयी परिस्थिति इस एकत्व की सुसंगत मुक्ति और वास्तविकीकरण को सम्पादित करने के लिए, जिसमें दूसरा व्यक्ति विश्व से समंजस होता है, चिकित्सक को, शिक्षक की ही तरह, द्विध्रुवीय सम्बन्ध के केवल अपने ध्रुव पर ही नहीं, बल्कि दूसरे ध्रुव पर भी होना है, जहाँ वह अपने कार्यों के प्रभाव का अनुभव कर सके। विशिष्ट ''उपचारात्मक'' सम्बन्ध का

फिर यहाँ अन्त हो जाता है जब रोगी समावेशन की कला का अभ्यास करने का निर्णय लेता और चिकित्सक के दृष्टिकोण से घटनाओं का अनुभव करने में सफल हो जाता है। उपचार भी, शिक्षण की ही तरह, प्रत्यक्ष होते हुए परोक्ष होने की माँग करता है।

पारस्परिकता की मानक सीमाओं का सर्वाधिक ध्यानाकर्षक उदाहरण सम्भवत: उन लोगों के काम में पाया जा सकता है, जिन्हें अपने समुदाय के आध्यात्मिक स्वास्थ्य का दायित्व दिया गया है : यहाँ दूसरे पक्ष से समावेशन का कोई भी प्रयास मिशन के पवित्र प्रामाणिकता का उल्लंघन कर देगा।

प्रत्येक *मैं-तुम* सम्बन्ध एक सहभागी द्वारा परिभाषित स्थिति में किसी लक्ष्य को प्राप्त करने के लिए दूसरे पर क्रिया करने में एक ऐसी पारस्परिकता पर निर्भर करता है जो कभी भी पूर्ण न हो सकने के लिए अभिशप्त है।

(६)

इस सन्दर्भ में केवल एक और प्रश्न पर विचार अपेक्षित है, लेकिन इसे लेना ज़रूरी भी है क्योंकि वह अतुलनीय रूप से सर्वाधिक महत्त्वपूर्ण है।

कैसे, लोग पूछते हैं, सनातन *तुम* एक साथ ही समावेशी और ऐकान्तिक हो सकता है ? मनुष्य के ईश्वर के साथ *तुम-सम्बन्ध* के लिए, जो ईश्वर के प्रति किसी भी विचलन के बिना अप्रतिबन्धित उन्मुखता चाहता है, मनुष्य का सभी अन्य *मैं-तुम* सम्बन्धों का समाविष्ट होकर ईश्वर की ओर उन्मुख हो पाना कैसे सम्भव हो सकता है ?

ध्यातव्य यह है कि यह प्रश्न ईश्वर के बारे में नहीं बल्कि केवल उससे हमारे सम्बन्धों के बारे में है। लेकिन इसका उत्तर दे सकने के लिए मुझे उसके बारे में भी बात करनी होगी। कारण यह है कि उससे हमारा सम्बन्ध इतना अधि-विरोधाभासी है जितना वह है, क्योंकि वह भी इतना अधि-विरोधाभासी है जितना वह है।

निश्चय ही, हम केवल उसकी ही बात करेंगे जो एक मनुष्य के साथ सम्बन्ध में ईश्वर है। और वह भी केवल एक विरोधोक्ति में ही कहा जा

सकता है; और भी स्पष्ट कहें तो एक अवधारणा का विरोधाभासी उपयोग करके; और भी अधिक स्पष्टता से कहें तो एक ऐसे विशेषण के साथ एक सांकेतिक अवधारणा के विरोधाभासी संयोजन के माध्यम से, जो अवधारणा की प्रचलित वस्तु का खण्डन करता है। इस विरोधाभास पर आग्रह से ही वह अन्तर्दृष्टि सम्भव होती है कि इस प्रकार, और केवल इस प्रकार ही, इस अवधारणा द्वारा इस विषय का अपरिहार्य अभिधान हो सकता है। अवधारणा की वस्तु एक क्रान्तिकारी रूपान्तरण और विस्तार अनुभव करती है, लेकिन यह तो हर अवधारणा के बारे में सही है, जिसे आस्था की वास्तविकता से प्रेरित होकर, हम सर्वव्यापिता के क्षेत्र से लेते और अतीन्द्रिय पर लागू करते हैं।

ईश्वर का एक व्यक्ति के रूप में अभिधान उन सबके लिए अपरिहार्य है जो मेरी तरह ही "ईश्वर" कहते समय किसी सिद्धान्त की बात नहीं कर रहे होते हैं, यद्यपि एकहार्ट जैसे रहस्यवादी कभी-कभी "अस्तित्व" को उसके समरूप बताते हैं, और जिनका तात्पर्य, मेरी ही तरह किसी प्रत्यय से नहीं होता जब वे "ईश्वर" कहते हैं, यद्यपि प्लेटो जैसे दार्शनिक कभी वैसा भी मानते हैं—लेकिन वे सब, मेरी तरह, "ईश्वर" का तात्पर्य उसी से लेते हैं, जो साथ ही कुछ और भी हो सकने के साथ, हम मनुष्यों के साथ सृजनात्मक, रहस्योद्घाटक और मुक्तिदायक कार्यों के माध्यम से एक प्रत्यक्ष सम्बन्ध में प्रवेश करता है और इस प्रकार यह सम्भव करता है कि हम उसके साथ एक प्रत्यक्ष सम्बन्ध में प्रवेश कर सकें। हमारे अस्तित्व की यह भूमि और अर्थवत्ता हर बार पारस्परिकता का ऐसा रूप रचती है जो केवल व्यक्तियों के बीच सम्भव हो सकता है। व्यक्तिमत्ता की अवधारणा निश्चय ही ईश्वर की प्रकृति का वर्णन करने के लिए पूर्णतः असमर्थ है; लेकिन यह कहना अनुज्ञप्त और आवश्यक है कि "ईश्वर" एक व्यक्ति भी है। यदि मुझे अपने मन्तव्य को एक दार्शनिक स्पिनोजा की भाषा में कहना हो तो मुझे कहना होगा कि ईश्वर की अनन्तता के कई गुणों में, जिन्हें हम नहीं जानते, स्पिनोजा के अनुसार दो और मेरे विचार में तीन को हम जानते हैं : आत्मसदृशता—जिसे हम आत्मा कहते हैं उसका स्रोत—के साथ प्रकृति सदृशता, जिसे हम प्रकृति कहते हैं उससे उदाहृत, और तीसरा व्यक्ति सदृशता का गुण। इस अन्तिम गुण से मैं अपना और सब मनुष्यों का व्यक्ति होना प्राप्त करता हूँ, जैसे

कि पहले दो से मैं अपना और सब मनुष्यों का आत्मा होना और प्रकृति होना प्राप्त करता हूँ। और केवल इस तीसरे गुण, व्यक्तिसदृशता, को तब एक गुण के रूप में उसके स्वरूप को प्रत्यक्षत: जानने को कहा गया है।

लेकिन अब एक व्यक्ति की अवधारणा की परिचित वस्तु को अपील करता हुआ विरोधाभास प्रकट होता है। एक व्यक्ति, उसके अनुसार, अपनी परिभाषा में एक स्वतन्त्र इकाई है और फिर भी अन्य स्वतन्त्र इकाइयों की बहुलता से सापेक्ष है; और यह निश्चय ही, ईश्वर के बारे में नहीं कहा जा सकता। इस विरोधाभास को ईश्वर के विरोधोक्त अभिधान परम व्यक्ति से दूर किया जाता है, अर्थात् ऐसा व्यक्ति जो किसी से सापेक्ष नहीं हो सकता। ईश्वर एक परम व्यक्ति के रूप में हमारे साथ प्रत्यक्ष सम्बन्ध में प्रविष्ट होता है। इस उच्चतर अन्तर्दृष्टि के सम्मुख विरोधाभास पराभूत हो जाता है।

अब हम कह सकते हैं कि ईश्वर मनुष्य से अपने इस प्रत्यक्ष सम्बन्ध में परमता को भी साथ ले आता है। इसलिए जो मनुष्य उसकी ओर उन्मुख होता है उसे अपने अन्य *मैं-तुम* सम्बन्धों की ओर पीठ करने की कोई आवश्यकता नहीं है : पूरे तर्कसंगत ढंग से वह उन सबको ईश्वर की ओर ले आता और उनके ''ईश्वर के सम्मुख'' रूपान्तरित होने को स्वीकार कर लेता है।

ईश्वर के साथ संवाद की समझ को लेकर सदैव सावधानी रखना अपेक्षित है—वह संवाद जिसके बारे में मुझे इस पुस्तक में कहना पड़ा है तथा बाद में आने वाली मेरी पुस्तकों में भी—एक ऐसी घटना जो दैनन्दिनी से अलग और परे घटित होती है। ईश्वर का मनुष्य को सम्बोधन हमारे जीवन की सभी घटनाओं में व्याप्त होता है तथा हमें घेरे विश्व की सब घटनाओं में भी—प्रत्येक जीवनीपरक और प्रत्येक ऐतिहासिक घटना में और उसे शिक्षा में, तुम से और मुझसे अपेक्षाओं में बदल देता है। घटना पर घटना, स्थिति पर स्थिति इस व्यक्तिगत भाषा को मानव व्यक्ति को झेलने और निर्णय करने का आह्वान करने के लिए समर्थ और शक्तिसम्पन्न बनाती है। अकसर हम सोचते हैं कि कुछ भी श्रवण-योग्य नहीं है, मानो हमने अपने कानों में मोम भर लिया है।

ईश्वर और मनुष्य की पारस्परिकता को ईश्वर के अस्तित्व के सिवा सिद्ध नहीं किया जा सकता। तथापि, जो कोई उसकी बात करने का साहस करता है वह साक्षी होता और उनके साक्षित्व का आह्वान करता है, जिन्हें वह सम्बोधित करता है—वर्तमान अथवा भावी साक्षी।

यरुशलम, अक्तूबर १९५७

मार्टिन बूबर

* यह अनुकथन इस पुस्तक के द्वितीय संस्करण के लिए १९५७ ईस्वी में लिखा गया था। प्रथम संस्करण १९२३ ईस्वी में प्रकाशित हुआ था।